Chères lectrices,

Fermez les yeux et imaginez ~~~~~~~~ ~~~~~~ égarée dans la montagne enneigée alors que la tempête se lève. Vous continuez de skier, mais vous sentez vos forces s'amenuiser, le froid engourdir votre corps. Et puis soudain, dans le lointain, vous apercevez une lumière. Vous vous approchez, et vous découvrez, émerveillée et soulagée, un magnifique chalet de bois sous la neige, à l'intérieur duquel règne une douce lumière, peut-être celle d'un bon feu de cheminée. Vous frappez à la porte, et un homme incroyablement beau vous ouvre… Voilà comment débute le conte de fées que va vivre Miranda, l'héroïne de *Amoureuse d'un milliardaire* (Azur n° 2672). Un conte de fées plein de charme et de surprises, qui vous fera éprouver des émotions intenses et délicieuses…

Sans oublier les autres volumes de votre collection, bien sûr !

Excellente lecture à toutes.

La responsable de collection

Bouleversante méprise

MIRANDA LEE

Bouleversante méprise

COLLECTION AZUR

*éditions*Harlequin

Cet ouvrage a été publié en langue anglaise
sous le titre :
HIS BRIDE FOR ONE NIGHT

Traduction française de
FRANÇOISE PINTO-MAIA

HARLEQUIN®

est une marque déposée du Groupe Harlequin
et Azur ® est une marque déposée d'Harlequin S.A.

Toute représentation ou reproduction, par quelque procédé que ce soit, constituerait
une contrefaçon sanctionnée par les articles 425 et suivants du Code pénal.
© 2005, Miranda Lee. © 2007, Traduction française : Harlequin S.A.
83-85, boulevard Vincent-Auriol, 75013 PARIS — Tél. : 01 42 16 63 63
Service Lectrices — Tél. : 01 45 82 47 47
ISBN 978-2-2802-0578-8 — ISSN 0993-4448

1.

L'avion vira sur l'aile, décrivant une large boucle au-dessus de Sydney. A travers le hublot, Daniel contempla le sublime panorama. Ne disait-on pas que la ville possédait le plus beau port et les plus belles plages du monde ?

Cette réputation n'était pas usurpée, se dit-il. Il avait survolé New York, San-Francisco, Rio... Mais Sydney restait incomparable.

Peut-être cela tenait-il à la lumière matinale qui rendait ses eaux plus bleues et conférait à son port une éblouissante netteté, offrant un écrin de choix à l'incomparable réussite architecturale qu'étaient le Harbour Bridge et l'Opéra, célèbres dans le monde entier. En tout cas, ce spectacle lui remontait le moral à bloc.

Beth avait eu raison d'insister pour qu'il revienne « au pays », comme elle disait, même si ce n'était que le temps d'une visite. En réalité, il avait toujours considéré Sydney comme « sa » ville. C'était là qu'il était né et était revenu vivre à l'âge de sept ans, là qu'il avait passé toute sa scolarité, même s'il avait passé la majeure partie de sa vie aux Etats-Unis. A Los Angeles, plus précisément, la ville des anges — ou des démons, tout dépendait du point de vue d'où l'on se plaçait. Car Los Angeles était surtout une ville impitoyable. Daniel avait parfaitement su s'en accommoder, puisque que c'était là-dessus qu'il avait bâti sa réussite professionnelle.

Depuis quelque temps cependant, les coups durs s'accumulaient. Les dernières fêtes de Noël avaient été particulièrement tristes et solitaires, car sa mère était décédée huit mois plus tôt.

Un frisson lui parcourut l'échine. Huit mois, et il avait l'impression que c'était hier...

Il s'étonnait encore d'être parvenu à se contrôler en voyant son père apparaître aux funérailles, accompagné de sa nouvelle conquête. Une cinquième épouse, blonde bien sûr, et jeune. Elles l'étaient toutes. Quel âge avait son père à présent ? Soixante-cinq ans, dix de plus que sa pauvre mère. A croire que, quel que soit leur âge, leur état de santé ou leur apparence, les producteurs de cinéma ne cessaient jamais d'attirer les starlettes ambitieuses.

Sa mère elle-même avait été éblouie en rencontrant à Sydney le beau Ben Bannister, alors qu'elle n'avait que vingt ans, et Daniel s'était souvent demandé pourquoi son père l'avait épousée. La petite Australienne brune de Bondi ne correspondait pas au style de toutes les autres femmes qu'il avait fréquentées depuis.

Certes, elle était tombée enceinte, mais ce n'était pas une raison suffisante pour lui passer la bague au doigt. Il aurait mieux fait de retourner seul aux Etats-Unis en lui laissant le soin d'élever leur fils, ici, en Australie. Au lieu de les emmener vivre à Los Angeles, puis de les y abandonner...

Daniel avait alors six ou sept ans. Beth, de six ans sa cadette, commençait tout juste à marcher.

Quoi qu'il en soit, il avait été assez grand pour se rendre compte du chagrin de sa mère. Celle-ci avait commencé à prendre des antidépresseurs, puis s'était mise à boire. Des hommes enfin avaient profité d'elle, se servant de son corps et dilapidant son argent.

Quand la situation était devenue par trop insupportable, le grand-père maternel de Daniel était intervenu, les avait emmenés, lui et sa sœur Beth, chez lui en Australie pour leur donner une bonne éducation et une vie plus stable. Les deux enfants avaient adoré Sydney, Beth surtout. Daniel aussi, mais plus âgé, il s'était beaucoup inquiété pour leur mère. Celle-ci disait seulement dans ses lettres qu'elle avait cessé de boire et qu'elle avait trouvé un travail.

Ses études secondaires terminées, Daniel n'avait eu d'autre souci que de retourner à Los Angeles. Là, il avait constaté que sa mère avait beaucoup vieilli et qu'elle vivait dans une extrême pauvreté. Incapable de la convaincre de rentrer en Australie, il avait emprunté de l'argent à son grand-père pour qu'ils puissent habiter un logement décent et il s'était inscrit à la faculté de droit. Il avait travaillé dur pour assurer leur subsistance. Quand il avait été reçu premier de sa promotion, un prestigieux cabinet d'avocats de Los Angeles l'avait aussitôt engagé, et il était vite devenu le plus brillant dans les affaires de divorce.

Avec le temps, il avait décidé de ne plus défendre que les femmes et il éprouvait une grande satisfaction à faire payer les maris minables, qui avaient plus d'argent que de moralité, afin d'obtenir d'eux une sécurité financière pour ses clientes désemparées. Des femmes qui n'étaient plus assez jeunes ni assez jolies aux yeux de ceux qui avaient un jour promis de les chérir et de les respecter leur vie durant. Daniel était particulièrement dur quand des enfants étaient impliqués et que leurs géniteurs refusaient de faire face à leurs responsabilités. Et Dieu sait s'il y en avait !

— Mais ils ne sont pas tous comme ça ! lui répétait sa sœur au téléphone lors de ses appels hebdomadaires depuis Sydney. Si notre mariage échouait, jamais Vince n'abandonnerait notre enfant. Ou *nos* enfants, car j'espère que nous en aurons plus d'un.

Beth, qui n'était jamais revenue aux Etats-Unis, avait épousé un médecin australien et était enceinte de leur premier bébé.

— Non que notre mariage batte de l'aile, s'était-elle empressée d'ajouter. Nous connaissons des hauts et des bas, bien sûr, mais nous sommes toujours très amoureux.

Amoureux…, songea Daniel comme l'avion amorçait sa descente vers l'aéroport Mascot. Que signifiait *être amoureux*, au juste ? Il n'en avait pas encore fait l'expérience. Pas une seule fois en trente-six ans.

Il avait apprécié la compagnie de beaucoup de femmes, les avait désirées, séduites. Mais ce n'était pas la même chose qu'*être amoureux*. Il n'avait jamais été submergé par la passion au point de commettre une folie, comme par exemple une demande en mariage. Et même s'il succombait un jour, il ne s'imaginait pas convoler. Il voyait trop de divorces pour ça !

— Tu n'es qu'un salaud froid et cynique ! lui avait lancé sa dernière petite amie en quittant son bureau — et, du même coup, sa vie — deux semaines avant Noël. Je refuse de perdre mon temps avec toi, Daniel Bannister ! Tu ne m'aimes pas et je doute que tu saches même ce qu'est l'amour !

Tout cela était vrai, il en était convenu après le départ de la jeune femme, quand la fureur de celle-ci l'avait contraint à faire un long et difficile retour sur lui-même.

Ce qu'il avait découvert au terme de cette analyse l'avait du reste préoccupé.

Il avait toujours méprisé son père, parce qu'il changeait fréquemment d'épouse, mais lui-même était-il un homme plus correct dans ses relations avec les femmes ? Il était devenu un séducteur invétéré, allant d'une aventure à l'autre, sans jamais s'engager, ni s'émouvoir quand la relation prenait fin.

Alors, oui, il était un salaud, froid et cynique, et pas exactement le noble chevalier qu'il croyait être.

Voilà pourquoi, deux mois plus tard, il se trouvait dans cet avion au-dessus de Sydney, tâchant d'appréhender cette nouvelle image de lui-même et de justifier sa conduite passée. Sans beaucoup de succès, à vrai dire. S'il n'avait jamais fait de

promesses sérieuses, ni abandonné d'enfants, il n'en avait pas moins blessé ses maîtresses qui avaient probablement attendu de lui bien plus qu'il ne pouvait leur donner.

Daniel se savait un beau parti — elles le disaient toutes — séduisant, brillant et aisé financièrement. Le genre de type que ses amis essayaient de marier à tout prix avec les jeunes femmes célibataires de leur connaissance. Il évitait les pièges les plus grossiers, préférant les femmes qui se destinaient à leur carrière. C'était une erreur, comme il le constatait souvent. Alors qu'elles annonçaient avec conviction, au début, ne rien souhaiter d'autre qu'une conversation intéressante au cours d'un dîner et un épisode sexuel en fin de soirée, elles finissaient toujours, à un moment ou à un autre, par lui parler mariage et maternité.

Tout en continuant de fixer le panorama, il se demanda si les hommes souffraient aussi de ces changements d'humeur vers la trentaine. Bientôt peut-être, il rencontrerait une fille et commencerait à éprouver des sentiments qui lui étaient jusque-là inconnus. Qui sait alors si l'amour, le désir, la passion incontrôlable ne lui feraient pas perdre la tête ?

Daniel laissa échapper un rire bref. Il pouvait toujours rêver ! Il serait bien le dernier à s'y laisser prendre !

L'avion se posant sur le tarmac le tira de sa rêverie et il embrassa la vue de Sydney. Sur sa gauche, la grande baie s'étendait, frangée de sable blanc, tandis qu'à droite, il distinguait une banlieue résidentielle.

La maison de sa sœur se trouvait dans le quartier est, à Rose Bay. Elle avait promis de venir l'attendre à l'aéroport, en dépit de l'heure matinale et de sa grossesse avancée.

Daniel savait que ces deux semaines à Sydney lui feraient du bien. Les Australiens étaient merveilleusement faciles à vivre et ne vivaient pas pour travailler, à l'inverse de beaucoup d'Américains. Ils travaillaient pour vivre.

Il tâcherait d'adopter un peu de cette philosophie pendant

11

son séjour. Car il risquait de devenir un bourreau de travail, s'il continuait ainsi.

Oui, ces quinze jours de détente totale lui seraient sûrement bénéfiques.

2.

Au bip insistant de son réveil, Charlotte répondit comme toute personne émergeant brutalement du sommeil à 5 heures du matin après s'être couchée à 2. Sortant un bras de dessous la couette, elle appuya sur le bouton de l'alarme, puis roula sur le côté et se pelotonna pour gagner encore dix précieuses minutes.

Au moment de sombrer dans une chaude somnolence cependant, elle se rappela la raison de ce réveil matinal. On était vendredi et l'avion de Gary arrivait à 6 h 20 !

Non que le trajet fût long entre Bondi et l'aéroport. Mais elle avait prévu de se faire belle jusqu'au bout des ongles pour retrouver son fiancé.

Repoussant la couette, elle bondit hors du lit et aussitôt laissa échapper un juron. Sa jambe venait de heurter le coin de la commode. Tout en se frottant la cuisse, elle boitilla jusqu'à la salle de bains.

— Aaah ! s'écria-t-elle en découvrant son reflet dans le miroir au-dessus du lavabo.

Son exclamation fut suivie par l'apparition de Louise, sa colocataire, dans l'encadrement de la porte.

— C'est quoi ce boucan ?

— Regarde-moi ! gémit Charlotte avec désespoir. Oh ! Pourquoi m'as-tu convaincue d'enterrer ma vie de jeune fille deux jours seulement avant mon mariage et la veille de l'arrivée de Gary ?

Tu sais que je ne supporte pas l'alcool. Sans parler du manque de sommeil. Mon Dieu ! Je suis moche à faire peur !

Louise se mit à rire.

— Tu aurais beau t'appliquer que tu n'y arriverais pas. Même avec tes racines noires, tu réussis à être belle.

Charlotte laissa échapper un nouveau gémissement. Louise devait être aveugle ! Ses cheveux étaient dans un état épouvantable !

Tout ça parce qu'elle avait voulu rester la nymphe blonde aux longues boucles dorées que Gary avait connue sur la Gold Coast l'an dernier. Ses talents de coiffeuse et ceux de Louise ne parviendraient jamais à venir à bout des dégâts causés par les décolorations successives.

Elle était devenue blonde le temps des vacances, sur un coup de colère après que Dwayne l'eut quittée — pour une blonde justement. Mais elle n'avait pas eu l'intention de le rester. Elle avait pensé opter ensuite pour une coupe très courte qui lui aurait rendu sa teinte naturelle, d'un joli brun.

Sa rencontre avec Gary avait contrarié ce projet. Si bien que huit mois plus tard, elle était toujours blonde. Avec des racines noires et des pointes fourchues en prime !

— Je dois utiliser la salle de bains, revendiqua Louise dans un bâillement. Pourquoi n'irais-tu pas faire le café ? En échange, je me charge de ton brushing.

— Tu crois que tu pourrais éliminer les fourches et m'appliquer un soin « spécial racines » ?

— Tu me prends pour qui ? La bonne fée, ta marraine ? Enfin, je vais voir ce que je peux faire. Prépare toujours le café.

Une heure plus tard, Charlotte avait une apparence présentable. Mais Louise l'avertit que si elle continuait à user de décolorations et de brushings, ses cheveux ne tarderaient pas à tomber !

— Si Gary t'aime vraiment, déclara la jeune femme sententieusement, ça doit lui être égal que tu sois blonde ou brune.

« Si Gary t'aime vraiment »...

Ces paroles résonnaient dans la tête de Charlotte pendant qu'elle roulait vers l'aéroport. Ce n'était pas la première fois que son amie exprimait des doutes sur les sentiments de son fiancé. Ou sur les siens. Charlotte comprenait ses réticences, car sa relation avec le séduisant avocat américain s'était surtout nouée par Internet. Des rapports faussés, reconnut-elle. Car l'échange de messages, aussi passionnés soient-ils, ne revenait pas à passer du temps ensemble.

Mais ce n'était pas comme si leur idylle était née par ordinateurs interposés. Ils s'étaient bel et bien rencontrés. Malheureusement, le temps qu'ils avaient eu à passer ensemble avait été bref… C'était lors de sa dernière soirée de vacances sur la Gold Coast. La dernière aussi du séjour de Gary en Australie. Il devait rentrer à Los Angeles dès le lendemain.

Il l'avait repérée dans une boîte de nuit bondée et n'avait eu d'yeux que pour elle. Il l'avait invitée à danser et ils étaient restés toute la nuit ensemble. Pas au lit, car Charlotte n'était pas du genre à coucher avec le premier venu, surtout pas un séduisant Américain en vacances. Impressionné par sa résistance, Gary lui avait proposé de marcher sur la plage. Main dans la main, ils avaient regardé le soleil se lever et il lui avait avoué qu'elle était la fille qu'il attendait depuis toujours.

Quelques heures plus tard, elle l'avait accompagné à l'aéroport et il avait promis de l'appeler dès son arrivée. Son baiser d'adieu, passionné, avait délicieusement troublé la jeune femme, réparant quelque peu les dommages que Dwayne avait infligés à son amour-propre.

Quand elle était rentrée à Bondi, Louise l'avait mise en garde : les hommes rencontrés en vacances vous recontactaient rarement. Pourtant, Gary avait appelé, et depuis ils n'avaient cessé de correspondre, parfois par téléphone, mais plus souvent par mails.

Charlotte avait l'impression de le connaître mieux qu'elle

15

n'avait jamais connu Dwayne, ce mufle qu'elle avait aimé pendant deux ans, avant qu'il ne la plaque pour une passionnée d'aérobic enceinte de lui.

Aussi quand Gary lui avait demandé de l'épouser, en novembre dernier, elle n'avait pas hésité. Peut-être l'aurait-elle fait s'il n'avait pas décidé de se marier ici à Sydney et de se fixer définitivement en Australie.

« Ou si tu n'avais pas déjà trente-trois ans et que tu ne craignais de rester vieille fille », souffla une petite voix insidieuse dans son esprit.

Charlotte balaya vivement cette pensée qui n'était pas à l'ordre du jour, puisqu'elle se mariait le lendemain. Et en grande pompe encore !

Elle espérait seulement que Gary n'y verrait pas d'inconvénient. Celui-ci souhaitait en effet une cérémonie très simple : pas d'église, juste un célébrant, et une liste restreinte d'invités, lui-même n'ayant aucune famille proche.

Mais le père de Charlotte n'avait pas attendu toutes ces années pour marier la plus jeune de ses filles avec une cérémonie de rien du tout. Ce dont la jeune femme se réjouissait en secret. Ses deux sœurs aînées avaient été de magnifiques mariées et elle n'aurait pas voulu être lésée. Ses parents avaient accepté à contrecœur de remplacer la messe de mariage par le service d'un célébrant, mais pour le reste il n'était pas question de faillir à la tradition. Il y aurait donc réception, gâteau nuptial et bal.

Charlotte n'en avait pas informé Gary. Bah ! Il serait toujours temps de lui expliquer que c'était le souhait de ses parents, pas le sien. De plus, ce n'était pas comme s'il avait à débourser quoi que ce soit, puisque c'était son père à elle qui se chargeait de régler la note. Cher vieux papa !

Tout ce qui incombait à Gary, c'était de louer un costume — l'essayage était prévu pour l'après-midi même — et de paraître dedans le lendemain.

Ce n'était pas trop demander à un homme qui l'aimait vraiment. Et Gary devait l'aimer pour venir jusqu'ici l'épouser, ou encore lui envoyer cette merveilleuse bague de fiançailles ornée de diamants et de saphirs qui brillait à son doigt.

La seule vue du bijou la rassurait et elle ne cessait de l'admirer, tandis qu'elle conduisait.

Une demi-heure plus tard, elle faisait les cent pas devant la porte des arrivées, d'où son fiancé n'allait pas tarder à surgir.

Seigneur ! Elle avait les nerfs en pelote. Mais était-ce l'excitation ou la peur de se précipiter dans le mariage sans avoir été une seule fois physiquement intime avec son fiancé ?

Elle avait couché avec la plupart de ses amoureux et aucun ne lui avait proposé le mariage. Sans doute les avait-elle déçus sur ce point.

Elle s'en était ouverte à Gary et il l'avait rassurée. Il ne l'épousait pas parce qu'elle était une bombe sexuelle, mais parce qu'elle était belle, adorable, compréhensive et désirait la même chose que lui : fonder une famille. En même temps, il était convaincu que tout se passerait bien pendant leur nuit de noces.

Charlotte l'espérait, tout comme elle espérait connaître enfin cette apothéose, dont Louise parlait toujours.

Et sinon… ? Eh bien, comme Gary l'avait écrit, ils résoudraient le problème ensemble.

Le voilà ! C'était lui !

Charlotte se mit à sautiller sur place en agitant les bras.

— Je suis là ! Par ici !

Quand il tourna la tête cependant, la main de Charlotte se figea dans l'air et son sourire s'effaça.

Ce n'était pas Gary, mais quelqu'un qui lui ressemblait. Même taille approximativement — Gary mesurait plus d'un mètre quatre-vingts — même cheveux bruns coupés courts, sans raie ; jusqu'au profil qui était quasiment similaire, avec le front haut, le nez droit et la mâchoire impériale.

Mais quand le voyageur lui jeta un regard direct, Charlotte se rendit compte qu'il n'avait pas les yeux de Gary. Ceux de cet homme étaient plus profonds, avec un éclat perçant. Ils n'étaient pas bleus non plus, mais d'un brun qui paraissait presque noir sous des sourcils sombres et droits.

Des sourcils qu'il fronçait d'ailleurs en la fixant à son tour. Jamais encore Charlotte ne s'était vue dévisagée de cette manière. Cette intensité avait quelque chose de cinglant.

Quand il poussa son chariot à bagages vers elle, Charlotte laissa tomber son bras pour agripper la bandoulière de son sac qu'elle serra sur sa poitrine dans une attitude étrangement défensive.

— C'est Beth qui vous a chargée de m'attendre ? demanda-t-il avec un accent qui ressemblait à celui de Gary.

Mon Dieu, *Gary !* Dans sa confusion, elle avait oublié son fiancé.

— Non, désolée, Je ne connais personne de ce nom. Je… Je vous ai pris pour mon fiancé, s'excusa-t-elle vivement en scrutant derrière lui la file des passagers.

Mais Gary n'était pas parmi eux.

Charlotte reporta son attention sur l'Américain qui demeurait planté devant elle. Il l'observait avec curiosité à présent, alors que ses yeux avaient contenu jusque-là… Quoi donc ? Elle ne savait pas trop.

— Vous… euh… vous lui ressemblez. En quelque sorte, balbutia-t-elle.

En réalité, ce type était beau comme un dieu, alors que Gary était seulement séduisant.

— Ah, je vois, dit-il.

La déception qui transperçait dans sa voix et dans son regard ébranla Charlotte. A quoi pensait-il ? Qu'espérait-il ?

— Nous devons nous marier demain, ajouta-t-elle sans trop savoir pourquoi.

— Quelle chance il a ! murmura-t-il en la détaillant tranquillement de la tête aux pieds.

Brusquement, elle comprit ce qu'elle avait lu dans son regard un moment plus tôt et pourquoi il paraissait déçu à présent. Elle avait décelé le désir chez beaucoup d'hommes, mais jamais encore le message n'avait été aussi percutant. Et ces yeux ! Intelligents, mystérieux, sexy…

Soudain, un courant brûlant fusa dans ses veines, comme un fluide alertant ses sens. Pour comble, Charlotte sentit son visage s'empourprer. Oh non ! Elle n'avait pas rougi depuis des années !

— Si vous voulez bien m'excuser, balbutia-t-elle en commandant à ses jambes d'avancer.

Vivement, elle s'éloigna et se mit en quête de Gary. Mais en dépit de ses efforts, l'image dérangeante du bel inconnu s'attardait dans son esprit. Qui était-il ? Et que faisait-il à Sydney ?

3.

Daniel fut presque soulagé qu'elle l'eût planté là. Bon sang ! Qu'est-ce qui lui avait pris de la fixer comme un fou ?

Ce n'était pas son style de courir après les femmes. Une blonde décolorée par-dessus le marché.

A la décharge de l'inconnue, elle n'était pas de ces hyper-oxydées que son père épousait, ou que lui-même rencontrait souvent à Los Angeles et dont la blondeur platine n'était pas le seul artifice physique.

En dépit de leurs racines noires, les cheveux de cette fille étaient lisses et retombaient comme un rideau de soie jusqu'au milieu de son dos. Rien de sophistiqué non plus dans son visage : il était beau et naturel. S'il avait porté du maquillage, elle l'avait appliqué subtilement. Sa peau, fine et joliment hâlée, n'avait pas besoin de fard de toute façon. Pas plus que ses yeux. Grands et d'un bleu océan, bordés de très longs cils, ils étaient tout simplement splendides.

Elle avait juste apposé une touche de gloss sur ses lèvres. Celles-ci, humides et pulpeuses, étaient faites pour embrasser, être embrassées et...

Daniel tressaillit. Il y avait belle lurette qu'il n'avait pas été aussi décontenancé par une femme au premier regard. Il devait bien reconnaître que celle-ci lui avait tapé dans l'œil.

En homme intelligent, il savait quand une femme valait la

peine qu'il la poursuive ou non. Bon sang ! Il avait pourtant bien entendu ce qu'elle avait dit : elle se mariait le lendemain. Il n'espérait quand même pas qu'elle tombe à ses pieds, ou qu'elle réponde à ses avances ?

Justement, il y a des regards qui ne trompent pas. Elle y avait répondu, d'une certaine manière. Il avait lu dans ses yeux l'éclair d'une promesse sexuelle et la tension de son corps avait été éloquente. Elle avait été étonnée aussi par son attirance pour lui, se dit-il. Sa façon de rougir ne pouvait être de l'embarras, car il avait eu affaire à une vraie femme, pas à une jeune fille naïve. Elle lui avait donc répondu, et cela ne manquait pas de l'irriter.

Daniel n'avait jamais aimé perdre, à quelque jeu que ce soit. Mais il était obligé de reconnaître sa défaite cette fois. Elle était venue attendre son fiancé. Leur rencontre n'avait été que purement fortuite et il n'y avait aucune raison pour qu'il tombe sur elle de nouveau. Par conséquent, il n'y avait rien à en attendre !

D'un air désabusé, il se mit à arpenter le hall bondé à la recherche de sa sœur, en veillant à ne pas prendre la même direction que la jeune femme blonde. Il n'avait certainement pas envie de la voir se jeter au cou d'un autre !

Mais Beth demeurait introuvable. Pourtant, elle aurait dû être là. L'avion avait eu du retard à l'atterrissage. Il soupira. Si sa sœur avait un défaut, c'était bien celui de n'être jamais à l'heure !

La sonnerie de son téléphone portable mit un terme à son exaspération. Daniel sortit l'appareil de sa poche.

— Oui, Beth ?

— Je suis désolée, Daniel. Je ne me suis pas réveillée ! J'étais tellement nerveuse à l'idée de te voir aujourd'hui que je n'ai pas pu m'endormir hier soir. J'ai regardé la télévision et j'ai dû m'assoupir. Je n'ai pas entendu le réveil évidemment, et Vince, tel que je le connais, a dû l'éteindre et se rendormir.

— C'est bon. Je vais prendre un taxi.

— Non, surtout pas. Je suis en route. Prends un petit déjeuner à la brasserie au bout du hall des arrivées. Je serai là dans vingt minutes environ. Ça te va ?

— Ça me va ! déclara-t-il d'un ton résigné.

— Tu n'es pas furieux ? Je n'en reviens pas !

— C'est juste que pendant le vol, j'ai décidé d'être plus détendu à l'avenir.

Détendu ?… Ce n'était pas vraiment son état d'esprit en ce moment !

— Je rêve ! répondit Beth. Bon, je dois raccrocher. Je ne veux pas risquer une amende en téléphonant au volant. J'ai déjà perdu trois points sur mon permis pour excès de vitesse. A tout à l'heure !

— C'est ça. A tout à l'heure.

Rempochant son téléphone, Daniel poussa son chariot jusqu'à la brasserie qu'elle lui avait indiquée. Sitôt qu'il eut commandé un café au comptoir, il s'installa à une table, étendit ses longues jambes et se mit à observer la foule qui déambulait.

Ce qui s'avéra une bien mauvaise idée. Car qui vit-il approcher tout à coup ? La belle blonde, et *sans* fiancé en escorte ! Elle marchait lentement, un téléphone portable rose plaqué à l'oreille, sa jolie tête baissée, entièrement accaparée par sa conversation.

Cette fois encore, Daniel la contempla de tous ses yeux. Sa silhouette aux mouvements indolents offrait un spectacle ravissant. Son buste était délicieusement moulé dans un T-shirt rose très ajusté, sous lequel il devinait des seins hauts et généreux. Le reste n'était pas mal non plus : taille fine, hanches modelées, longues jambes fuselées dans un jean serré et chevilles délicates. Ses jolis pieds nus étaient chaussés de sandales, et ses ongles étaient peints du même rose que son T-shirt et son téléphone.

22

Comme elle se rapprochait, il nota qu'elle était pâle. Et plutôt bouleversée. Apparemment, elle recevait de mauvaises nouvelles.

Elle s'arrêta non loin de sa table, si bien qu'il put l'entendre :

— Je ne peux pas le croire ! ne cessait-elle de répéter d'une voix étranglée.

Oh, oh ! Serait-il arrivé malheur à son fiancé ? Daniel avait beau la désirer libre comme l'air, il n'était pas égoïste au point de souhaiter que son amoureux ait eu un accident, ou pire encore.

— Le salaud ! s'exclama-t-elle soudain.

Daniel haussa les sourcils. Rien de dramatique donc, le type ne s'était pas pointé. Et pour autant qu'il pouvait en juger, il n'avait pas l'intention de le faire.

Daniel en était désolé pour elle. D'un autre côté, cela lui offrait de séduisantes promesses, songea-t-il en s'empressant de faire taire un reste de conscience morale.

— Non, ça ira, je t'assure, articula la jeune femme d'une voix saccadée. Je suis plus forte que ça. Mais non, je ne vais pas me mettre à pleurer. Pas en public, quand même. Je peux attendre d'être à la maison ou du moins dans la voiture.

Mais en dépit de ces affirmations, elle fut incapable de tenir jusque-là. Elle n'avait pas plus tôt mis fin à sa conversation qu'elle éclata en sanglots. Une émotion terrible la secouait tout entière.

Daniel n'hésita plus. En remerciant le destin qui mettait cette fille une seconde fois sur son chemin, il se précipita à son secours.

— Puis-je faire quelque chose pour vous aider ? s'enquit-il en posant une main sur son épaule.

Charlotte se raidit et leva des yeux brouillés de larmes. Mince alors ! C'était le bel Américain qu'elle avait rencontré un peu plus tôt, celui qu'elle avait pris pour Gary et qui l'avait dévorée avec des yeux brûlants !

Ceux-ci avaient perdu leur expression ardente, nota-t-elle, et étaient seulement empreints de douceur et d'inquiétude.

— Mauvaises nouvelles, on dirait ?

— Vous pouvez le dire ! marmonna-t-elle en sortant un mouchoir de son sac.

— Ecoutez, pourquoi ne viendriez-vous pas prendre un café avec moi ? proposa-t-il en indiquant une table à l'intérieur. Je suis bloqué ici en attendant que ma sœur vienne me chercher, et un peu de compagnie ne serait pas de refus. Vous pourrez me raconter pourquoi votre fiancé n'est pas venu.

A ces mots, Charlotte se figea de stupeur.

— Comment diable êtes-vous au courant ?

— Vous m'avez dit vous-même que vous m'aviez pris pour lui tout à l'heure à mon arrivée. Or, aucun homme ne vous accompagne et vous pleurez. Il ne faut pas être sorcier pour deviner le reste.

— Oui, je comprends, répondit-elle en se tamponnant les yeux.

— Il vous fait faux bond ou il vous a plaquée ?

— Plaquée comme une vieille chaussette, j'en ai peur, avoua Charlotte en sentant sa détresse se muer en désespoir.

Et comment ne pas désespérer ? Le destin s'acharnait contre elle. Mon Dieu ! Qu'allait-elle raconter à ses parents ?

— Il y a des hommes vraiment idiots, fit remarquer l'Américain.

Charlotte eût été flattée si elle n'avait été aussi terrassée par le chagrin.

— Venez, continua-t-il. Une tasse de café vous fera du bien.

Elle n'eut pas la force de protester quand il lui toucha le bras pour la conduire vers la table qu'il occupait. A coup sûr, ce type avait une idée derrière la tête. Mais elle ne s'inquiétait pas vraiment. Elle était dans un lieu public après tout. S'il voulait lui offrir un café, pourquoi pas ? Elle se sentait incapable de rentrer chez elle dans cet état, de toute façon.

Quelques minutes passèrent en silence. Charlotte restait assise, hébétée, pendant qu'il lui commandait un cappuccino. Quand on vint la servir, il versa d'autorité deux cuillerées de sucre dans sa tasse avant de la pousser vers elle.

— Buvez, lui conseilla-t-il. Vous avez besoin d'un remontant. Vous êtes en état de choc.

Elle obéit et, bizarrement, commença à se sentir mieux.

— Merci, dit-elle. Vous aviez raison, j'en avais besoin.

— Vous ne voulez pas me raconter ce qui est arrivé ?

— En quoi est-ce que ça vous regarde ? demanda-t-elle d'un ton quelque peu agressif.

Car cet homme se moquait éperdument de son chagrin. Il ne cherchait qu'à l'attirer dans ses filets. Cette façon chevaleresque de voler à son secours, le café, ses questions apparemment gentilles… Voilà les prétextes auxquels il recourait pour obtenir ce qui l'intéressait ; en l'occurrence, *elle !*

Elle avait déjà rencontré des étrangers dans son genre, en vacances et avides de compagnie féminine. Il avait probablement une femme ou une maîtresse qui l'attendait aux Etats-Unis. Car les hommes séduisants et vêtus aussi élégamment étaient rarement disponibles. Le costume qu'il portait n'était certainement pas du prêt-à-porter et sa montre en or valait certainement à elle seule une fortune, tout comme sa chevalière ornée d'un diamant.

Il lui sourit et une lueur d'admiration anima ses yeux sombres.

— Je vois que vous vous remettez un peu. C'est bon signe. Vous survivrez.

— Ça dépend de ce que vous entendez par « survivre », répliqua Charlotte. Mes parents arrivent aujourd'hui pour rencontrer mon fiancé. Et tout le reste de la famille débarque demain pour assister au mariage. Mes sœurs, mes oncles et tantes, neveux, nièces, cousins !… Depuis des années, ils rêvent de me voir mariée. Ils sont de la campagne, vous savez, et comme tous les fermiers, ils pensent que le mariage et la maternité sont la seule véritable ambition d'une femme. Enfin, j'allais être quelqu'un à leurs yeux…

Vaillamment, elle refoula les larmes qui menaçaient de nouveau de la submerger.

— Racontez-moi ce qui est arrivé à votre fiancé, insista-t-il.

Charlotte fixa son interlocuteur avec intensité en se demandant si elle ne s'était pas trompée sur ses intentions. Ses yeux expressifs semblaient réellement compatissants.

— Il n'y a pas grand-chose à dire, répondit-elle en haussant les épaules d'un air las. Il ne vient pas. Le mariage est annulé. Point final.

Elle s'interrompit, gagnée de nouveau par l'émotion. Décidément, la compassion de cet Américain la déstabilisait. Heureusement, il ne la pressa pas davantage et elle parvint à se ressaisir.

Comme elle observait un silence pénible tout en buvant de temps à autre une gorgée de café, la jeune femme éprouva soudain l'envie de s'épancher. Qu'est-ce que cela pouvait faire qu'il fût un parfait inconnu ? Au fond, n'était-ce pas mieux ainsi ? La plupart de ses amis étaient fatigués d'écouter le récit de ses catastrophes sentimentales.

— Louise avait raison, jeta-t-elle avec amertume en reposant brutalement sa tasse. Il ne m'aimait pas vraiment.

— Qui est Louise ?

— Ma meilleure amie. Nous partageons un appartement.

— Celle qui vient de vous appeler, je suppose ?

Oh là là ! Elle avait affaire à un observateur doublé d'un intuitif, pensa-t-elle avant d'acquiescer en réponse à sa question.

— Apparemment, Gary a téléphoné hier soir et a laissé un message disant qu'il ne serait pas dans l'avion et qu'il envoyait un mail pour s'en expliquer. Mais Louise et moi étions sorties. En rentrant, nous n'avons pas vérifié le répondeur. Juste après mon départ pour l'aéroport ce matin, Louise a vu qu'il y avait un message. Elle a tenté de joindre Gary pour lui demander des explications, mais il n'a pas répondu — c'est le beau milieu de la nuit là-bas. Alors, elle m'a appelée et je lui ai demandé de lire le mail pour moi.

— Gary ? C'est le nom du fiancé qui manque à l'appel ?

— Oui, Gary Cantrell. Et il ne manque pas à l'appel ! râla Charlotte. Il est à Los Angeles avec sa secrétaire *enceinte* ! Celle qui, comme par hasard, a découvert qu'elle attendait un enfant de lui le jour où il devait quitter les Etats-Unis pour m'épouser !

— Ah ! fit-il d'un air entendu.

— Comme vous dites !

— Vous ne vous étiez pas vus depuis combien de temps, Gary et vous ?

— Depuis juin dernier.

— Huit mois ! s'exclama-t-il.

— Je suis restée fidèle, moi, répliqua Charlotte sur la défensive.

— C'est tout à votre honneur. Malheureusement, les hommes n'ont pas la réputation d'être fidèles quand leurs fiancées ou leurs épouses se trouvent à l'autre bout du monde pendant si longtemps.

— Vous ne m'apprenez rien !

— Pourquoi une si longue séparation ?

Elle soupira, avant de lui faire un bref compte rendu de son histoire avec Gary. Si elle préféra taire le fait qu'elle n'avait

27

jamais couché avec lui, elle raconta en revanche qu'elle avait eu l'idée d'organiser à son insu un grand mariage dans un hôtel luxueux de Sydney.

— Je suppose qu'en tant qu'Américain vous ne connaissez pas le Regency Royale ? dit-elle à ce stade.

— Ce nom me dit quelque chose.

— C'est l'un des hôtels les plus huppés de la ville. Les prix y sont exorbitants. Je devrais pouvoir annuler la réservation de la suite pour la nuit de noces, mais le banquet, c'est impossible. Vous connaissez quelqu'un qui voudrait un gâteau de mariage et une robe de haute couture ? Sans parler d'un séjour de cinq nuits dans la Hunter Valley ?

— Pas pour le moment. Peut-être devriez-vous passer une annonce sur Internet. On y vend de tout.

Charlotte prit une voix aigre.

— Ne me parlez pas d'Internet !

— J'essayais de trouver une solution.

— Je sais ce que vous pensez. Que les histoires d'amour par Internet sont imaginaires, factices.

— C'est une opinion largement répandue, convint-il prudemment.

— C'était peut-être ce que pensait Gary mais, moi, *je l'aimais* ! s'écria Charlotte. Et j'allais l'épouser *demain*.

Pourtant, tout en clamant la profondeur de ses sentiments, elle s'avouait insidieusement qu'il y avait eu une grande part de rêve dans cette relation. Un brin de désespoir aussi, en ce qui la concernait.

Cette rupture était peut-être une bonne chose au fond. Mais cela ne rendait pas sa détresse ni sa terrible déception plus faciles à supporter.

— Demain sera le jour le plus horrible et le plus humiliant de ma vie, décréta-t-elle. En fin de compte, non, c'est *aujourd'hui*. Je suis censée déjeuner avec mes parents tout à l'heure et leur présenter enfin mon fiancé. Je ferais n'importe quoi pour ne pas avoir à annoncer à mon père que mon mariage est annulé. Il a dépensé des sommes folles pour l'occasion et il n'est pas riche. Je le rembourserai, évidemment, mais sur un salaire de coiffeuse, cela prendra des années.

Si seulement elle ne s'était pas offert une voiture neuve l'an dernier. Quant au reste de ses économies, il avait été englouti dans la réservation de ce stupide voyage de noces !

Le cœur plus lourd que jamais, elle porta la tasse à ses lèvres.

— Aimeriez-vous dîner avec moi ce soir ?

Charlotte redressa brusquement la tête et fixa sur lui des yeux démesurés.

— Vous plaisantez, j'espère ? répliqua-t-elle, sidérée. Vous ne m'avez pas écoutée ? Mon fiancé vient de me plaquer ! J'ai le cœur brisé. La dernière chose dont j'ai envie, c'est de sortir avec un autre Américain beau parleur !

— Il se trouve que je ne suis pas américain, mais australien, l'informa-t-il froidement. J'ai l'accent américain, parce que je vis et travaille à Los Angeles depuis des années. Et bien que de père américain, je suis né à Sydney. Ma sœur, Beth, est née aux Etats-Unis. Nous sommes allés à l'école en Australie. Plus tard, elle est restée ici et a épousé un médecin du coin. Tenez, quand on parle du diable… La voilà.

Charlotte leva les yeux et vit une jeune femme visiblement enceinte venir vers eux. Elle ressemblait un peu à son frère. Comme lui, elle était belle, brune avec des yeux sombres. Elle devait avoir trente ans environ, et son frère quelques années de plus.

— Je vois que tu n'as pas changé, mon cher frère, déclarat-elle avec une intonation typiquement australienne, avant de regarder Charlotte d'un air rieur. Laissez-le seul plus d'une minute et il file droit sur la plus jolie fille ! Méfiez-vous, il est toujours à la recherche de nouvelles conquêtes.

— Merci pour ce charmant éloge, petite sœur ! répondit amèrement son frère en se levant pour l'embrasser sur la joue. Je te présenterais si je connaissais le nom de la dame, seulement elle a oublié de le mentionner.

Charlotte décida que c'était le moment de filer avant de se laisser aller à quelque stupidité, comme de lui donner son nom ou d'accepter de dîner avec lui le soir même. Elle en avait assez des collectionneurs !

Se levant, elle ajusta son sac sur l'épaule et lui adressa un sourire poli.

— Il faut que j'y aille. Merci pour le café.

Là-dessus, elle se dirigea vers la sortie, en marchant aussi vite que ses hauts talons le lui permettaient. Mais elle aurait dû prévoir qu'il ne la laisserait pas partir si facilement.

— Attendez ! cria-t-il en se précipitant à sa suite. Ne faites pas attention à ce qu'a dit ma sœur. Elle plaisantait.

Charlotte s'arrêta et lui jeta un regard méprisant.

— Parce que vous n'êtes pas du genre à collectionner les conquêtes peut-être ?

Elle vit l'éclair de culpabilité dans ses yeux avant qu'il pût le dissimuler.

— Je vois ! dit-elle en se remettant en marche.

— Au moins, dites-moi votre nom !

Charlotte s'arrêta de nouveau et fixa son visage séduisant... pour le regretter aussitôt.

Car ses yeux étaient ardents et affamés. Brusquement, elle eut envie de lui donner ses coordonnées et d'accepter son invitation. Puis elle se dit que ce serait la dernière des sottises. A trente-trois ans, il était temps pour elle de cesser ces enfantillages.

30

— Je… Je ne crois pas que ce soit une bonne idée, répondit-elle d'un ton peu convaincu.

L'inconnu dut percevoir son hésitation car, avant qu'elle ait eu le temps de dire ouf, il avait sorti de sa poche une carte de visite et un stylo.

— J'inscris mon nouveau numéro de portable au dos, dit-il tout en griffonnant. Vous pouvez aussi me joindre chez ma sœur. Son nom est Beth Harvey. Elle est mariée au Dr Vincent Harvey, chirurgien orthopédique. Ils habitent à Rose Bay et je séjourne chez eux pour deux semaines. Ils sont dans l'annuaire. Appelez-moi, si vous changez d'avis.

Sur quoi, il lui glissa la carte dans la main.

— Vous êtes bouleversée, mais je sais — et vous le savez aussi — que vous n'aimiez pas vraiment ce Gary.

Leurs regards se croisèrent et Charlotte fut saisie d'un frisson tout à la fois violent et voluptueux.

— Que voulez-vous dire ? demanda-t-elle, légèrement haletante.

— Vous le savez très bien, ma belle.

Charlotte ouvrit la bouche pour se récrier, mais en fut incapable. Oui, elle savait exactement ce qu'il avait voulu dire. Comment avait-elle pu être amoureuse de Gary quand cet homme-là lui faisait prendre conscience de sa féminité mieux qu'aucun autre jusque-là ? Son cœur battait à tout rompre et sa peau lui semblait en feu.

Elle jeta un coup d'œil au bristol qu'il lui avait remis, un peu par curiosité, mais surtout pour échapper à son regard hypnotique et déroutant.

Il s'appelait Daniel Bannister. Il était avocat et officiait à Los Angeles.

Charlotte ne put s'empêcher de rire. Oh ! Mon Dieu, quelle ironie !

— Qu'y a-t-il de si drôle ? s'étonna-t-il.

Elle le regarda avec une expression parfaitement cynique.

— Rien ! Bien au contraire ! Je commence à en avoir plein le dos des avocats de Los Angeles, figurez-vous ! Tenez.

Elle lui rendit sa carte, pivota sur ses hauts talons et s'éloigna en courant.

4.

— Ecoute, je suis sincèrement désolée, ça te va ? s'excusa
Beth. Je n'ai rien dit de mal. Je n'ai même pas menti : c'est vrai
que tu collectionnes les aventures. Enfin, c'est ce que tu me
racontes, en tout cas.

Son frère lui avait à peine parlé durant le trajet du retour et
pendant les deux heures qui avaient suivi. A leur arrivée à la
maison, Daniel était monté dans la chambre d'amis, avait pris
une douche et s'était changé. Ensuite, il s'était installé sur la
terrasse et s'était plongé dans la lecture du journal, en observant
un silence glacial.

Vince était déjà parti pour ses consultations et ne reviendrait
pas avant 19 heures, de sorte que Beth avait la désagréable
tâche de faire face, seule, à son grincheux de frère. Elle était
presque soulagée d'avoir un rendez-vous chez le médecin un
peu plus tard.

Seulement, d'ici là, elle refusait de supporter la mauvaise
humeur de son aîné.

— Bon sang ! Daniel, qu'est-ce que tu espérais ? continua-
t-elle comme il s'obstinait à ne pas répondre. Qu'elle oublierait
son fiancé pour te tomber dans les bras ? Tu n'es pas si irrésistible, tu sais.

Néanmoins, tout en s'asseyant avec précaution sur un transat, la jeune femme se rappela que, à l'école déjà, toutes les filles avaient été folles de lui.

L'adolescent au physique de jeune premier était aujourd'hui un très bel homme. Sa carrure s'était développée. Ses cheveux, épais et soyeux, étaient plus disciplinés qu'à cette époque. Ses traits s'étaient endurcis, et ses quelques rides d'expression ne desservaient en rien sa séduction. Ses yeux sombres, empreints d'une formidable intelligence, trahissaient l'homme bien dans sa peau, avec ce regard que les femmes devaient trouver mystérieux et sensuel.

— Le problème avec toi, Daniel Bannister, énonça-t-elle avec irritation, c'est que tu es trop habitué à faire ce que tu veux avec celles qui te tapent dans l'œil !

Daniel devait bien reconnaître qu'elle avait raison. Mais cela ne rendait pas l'échec de ce matin moins cuisant ni plus supportable. Et il ne s'expliquait pas davantage les raisons d'une telle contrariété.

— Je ne peux pas m'empêcher de penser à elle, voilà, se surprit-il à avouer.

Beth parut aussi étonnée que lui.

— Enfin, Daniel, tu ne lui as parlé que quelques minutes.

— Je sais.

— Et c'est une blonde par-dessus le marché.

— Il se trouve que j'ai apprécié cette blonde-là. Elle était adorable.

Beth se mit à rire.

— Elle était surtout sexy.

— Pas de façon voyante.

— Oh ! Arrête. Avec une silhouette pareille ?

Daniel prit un air pensif. Oui, elle était sexy, reconnut-il. Et comme il aurait aimé lui faire l'amour ! Mais depuis qu'elle avait fait cette brève intrusion dans sa vie, ce n'était pas tant le sexe qui l'obsédait que l'idée de la revoir.

— Je dois la retrouver, annonça-t-il.

— Comment ? Tu ne connais même pas son nom.

— Je sais qu'elle a commandé une réception au Regency Royale pour demain. Je pourrais obtenir ses coordonnées là-bas.

— Ils ne te les donneront pas.

Daniel prit un air déterminé.

— Je te promets que si !

Beth soupira. Il obtiendrait sûrement ce qu'il cherchait. Il avait le don de faire parler n'importe qui. Il n'était pas avocat pour rien !

— Tu m'as bien dit que tu avais rendez-vous chez ton médecin à midi ? demanda-t-il.

— Oui.

— C'est loin de Regency Royale ?

— A dix bonnes minutes à pied. Daniel, tu es sûr que c'est une bonne idée ? Cette pauvre fille doit être hyper-vulnérable en ce moment.

— Je n'ai pas l'intention de la blesser, Beth, si c'est ce qui te tracasse. Je veux juste l'inviter à dîner. Et apprendre à la connaître un peu mieux.

Beth roula des yeux effarés. Il était inutile de discuter avec son frère. Il n'en démordrait pas.

— Bon, je vais commander un taxi pour 11 h 30. Mieux vaut éviter de prendre la voiture. Se garer en ville est une vraie galère.

Charlotte s'arrêta à l'entrée du Regency Royale peu après midi. Bien qu'elle eût fixé le déjeuner avec ses parents à 12 h 30, elle savait que ceux-ci, toujours d'une extrême ponctualité, arriveraient en avance. Sans doute même étaient-ils déjà dans le hall à l'attendre. Elle avait songé à arriver en retard, mais s'était ravisée. A quoi bon tergiverser ? Il valait mieux leur avouer la mauvaise nouvelle au plus tôt.

Les heures qui s'étaient écoulées depuis son retour de l'aéroport avaient été pénibles, vouées aux récriminations et aux regrets, et le plus souvent aux larmes.

Si Louise avait été là, peut-être serait-elle parvenue à garder son équilibre en se défoulant verbalement. Mais son amie avait dû partir travailler, tandis qu'elle-même était en congé pour une semaine. En raison de son supposé mariage ! Elles s'étaient juste croisées dans le hall de leur immeuble et Louise l'avait serrée contre elle en lui faisant promettre de ne pas appeler ce « salaud de Gary ». Une promesse facile à tenir. Charlotte n'aurait pas supporté de lui parler, et encore moins d'entendre ses excuses pathétiques.

L'appartement vide et silencieux l'avait horriblement déprimée. Et que dire des photos d'elle et de Gary disposées sur la bibliothèque dans le vestibule ? Elle s'était hâtée de les jeter à la poubelle, puis s'était effondrée sur son lit en proie à un mélange d'amertume, de colère et de désespoir.

Au bout d'une heure cependant, elle s'était suffisamment ressaisie pour prendre un petit déjeuner et envoyer à Gary un mail fracassant.

Ensuite, elle s'était résignée à annuler par téléphone tout ce qui pouvait l'être : la location du costume, le célébrant, la fleuriste, enfin la suite qu'elle avait réservée pour la nuit de noces.

A ce stade, elle avait été trop bouleversée pour se résoudre à annuler aussi la réception. Elle s'était promis de le faire plus tard, en se présentant elle-même, après avoir eu une conversation avec ses parents. Peut-être pourrait-elle convaincre le patron du restaurant de rembourser son père, du moins en partie ?

Effacer les traces de son émotion n'avait pas été chose facile. Un sac de glace et du maquillage appliqué avec soin avaient cependant fait l'affaire. Elle avait aussi troqué sa tenue du matin

— choisie pour Gary — contre un pantalon crème et un joli chemisier rouge, des sandales et un chapeau de paille.

— Voulez-vous faire une réservation à l'hôtel, madame ? demanda l'employé du parking dès qu'elle descendit de voiture.

— Non, répondit Charlotte avec un sourire forcé, en lui tendant les clés de sa Kia Rio gris métallisé. Je vais juste déjeuner avec quelqu'un.

— Dans ce cas, il vous faut un ticket de stationnement.

Charlotte prit le reçu et se dirigea vers les portes à tambour. Celles-ci s'ouvraient sur une spacieuse galerie commerciale qui aboutissait à l'hôtel.

Un piège à touristes, cet endroit, pensa-t-elle en passant devant les boutiques de luxe. Les futures mariées aussi s'y laissaient prendre ! songea-t-elle avec amertume en se rappelant ce qu'elle avait dépensé dans le magasin de lingerie, lors de sa dernière visite.

Vivement, elle passa sur le côté opposé où rien ne suscitait en elle des souvenirs déprimants. Il y avait là deux bars : le premier était un endroit à la mode, où elle avait eu l'occasion d'entrer avec Louise. Le second était le bistrot d'un genre rétro, où elle avait décidé d'emmener ses parents.

Charlotte se crispa en pensant à eux. Son angoisse s'accentua quand elle atteignit l'extrémité de la galerie et son sol de marbre pour fouler l'épais tapis du salon de l'hôtel. Rien que le décor lui rappelait qu'un repas de mariage ici était hors de prix, même pour cinquante invités. Le gâteau seul devait coûter les yeux de la tête !

Comme elle regrettait de ne pas avoir écouté Gary qui n'avait souhaité qu'une modeste réception. L'argent de son père ne serait pas parti en fumée et il aurait pu servir à remplacer le bétail vendu ou à faire construire une nouvelle digue. Ou encore, à payer cette croisière dont ses parents rêvaient depuis si longtemps…

La gorge **nouée** par l'émotion, Charlotte jeta un coup d'œil circulaire au luxueux salon, mais le couple ne s'y trouvait pas. Elle fit un tour complet sur elle-même, scrutant chaque coin du hall qui n'était pas encore bondé à cette heure. Non, décidément, ses parents n'étaient pas arrivés.

Tant pis. Ou tant mieux... Elle se trouva soulagée d'avoir devant elle quelques minutes de répit avant de leur annoncer la nouvelle. Elle s'installa dans l'un des profonds fauteuils de velours, placés face à l'entrée, pour les attendre.

Tout d'abord, elle faillit ne pas le reconnaître. Il était habillé différemment, ayant troqué son costume gris pour un jean et un polo bleu marine à liseré blanc. Des lunettes de soleil, qu'il portait relevées sur ses cheveux sombres, et des chaussures de sport complétaient sa tenue.

En dépit de ses soucis personnels, il avait fallu à Charlotte un effort de volonté pour effacer de son esprit l'image de Daniel Bannister, quand elle avait quitté l'aéroport. Et voilà qu'il réapparaissait devant elle, plus sexy encore.

Surprise, elle réprima de justesse une exclamation. Il dut en être alerté par un sixième sens car il tourna la tête dans sa direction. Il parut aussi étonné qu'elle de la voir. Etonné et ravi.

Charlotte se raidit contre son dossier quand elle comprit qu'il se dirigeait vers elle. Au dernier moment, elle se leva, préférant ne pas avoir à lever la tête vers ses yeux incroyablement séduisants.

D'un air décontracté, il ôta ses lunettes, lui lança un sourire éblouissant, dévoilant des dents parfaites et une fossette au coin de ses lèvres.

Comme s'il n'était pas suffisamment attirant sans cela !

— Je n'y crois pas ! s'exclama-t-il. Je venais ici en espérant obtenir votre nom et votre numéro de téléphone et je vous trouve en personne. Quelle chance !

A cet aveu, Charlotte laissa échapper un long soupir. Ainsi, ce n'était pas une simple coïncidence, il la poursuivait bel et bien ! Elle se sentit furieuse et flattée à la fois.

— Je vous ai dit que je rencontrais mes parents ici pour le déjeuner, déclara-t-elle en s'empourprant.

Bon sang ! Qu'avait-il de particulier, cet homme, pour la rendre aussi gauche qu'une adolescente devant son chanteur préféré ?

— Vraiment ? Je ne m'en rappelle pas. Mais peu importe. Vous êtes là et c'est pour moi l'occasion de rectifier la mauvaise impression que ma sœur vous a donnée de moi.

— Vous ne renoncez jamais, vous, n'est-ce pas ? lui lança-t-elle, acerbe.

Il sourit de nouveau.

— Beth m'a fait la même réflexion en apprenant que je voulais vous retrouver. Elle est en ville, chez son médecin, alors je me suis mis en tête de découvrir l'identité de la jolie jeune femme que j'avais rencontrée ce matin et à laquelle je ne cesse de penser.

— Vous êtes le type le plus assommant que je connaisse ! répliqua Charlotte en rougissant davantage.

Ne pouvait-il pas comprendre qu'elle n'avait aucune envie qu'on lui rappelle son histoire ridicule avec Gary ?

Mais il y avait plus humiliant encore. Elle ne pouvait s'empêcher de le dévorer des yeux. Misère ! Comme il était beau ! Quel dommage qu'elle n'eût pas rencontré cet homme-là l'an dernier sur la Gold Coast, à la place de Gary ! Il l'aurait séduite immédiatement et l'aurait quittée le lendemain, sans mensonge, ni trahison.

Des hommes comme Daniel n'avaient pas besoin de duper les femmes pour les attirer dans leur lit. Elles étaient prêtes à leur tomber dans les bras sans qu'ils aient à formuler la moindre promesse. Elle était de ces idiotes-là, et c'était ce qui la tourmentait le plus au moment présent. Le fait qu'elle, Charlotte

Gale, plaquée de fraîche date, puisse désirer aussi fort celui qui se tenait devant elle.

— Je n'ai pas changé d'avis. Je n'accepterai pas de dîner avec vous ce soir, l'avertit-elle sèchement.

— Ça ne fait rien, répondit-il sans se démonter. Demain soir m'ira tout aussi bien. Ou le soir d'après. Je suis à Sydney pour deux semaines.

— Vous faites exprès de ne pas m'écouter ou quoi ? J'ai dit *non*. N'y comptez pas.

— Vous ne le pensez pas vraiment.

Au contraire ! C'était lui qui s'obstinait à ne pas comprendre.

— Certaines choses sont inévitables, ma jolie, poursuivit-il. Sinon, pourquoi le destin vous aurait-il remise sur mon chemin, comme si vous n'attendiez que moi ?

Charlotte prit un air exaspéré.

— Ce n'est pas vous que j'attendais, mais mes parents, je vous le répète. Ils… *Oh !*

Elle sentait la tête lui tourner à force de vouloir garder son sang-froid.

— D'ailleurs, les voilà !

5.

Daniel se retourna et aperçut un couple d'une soixantaine d'années — à l'évidence des éleveurs — qui traversait le salon de l'hôtel dans leur direction. La femme était corpulente avec des cheveux gris et courts, tandis que son mari, très maigre, avait le visage buriné et des yeux bleus pétillants. Tous deux avaient des traits avenants et paraissaient mal à l'aise dans leurs vêtements de ville.

— Charlotte ! s'exclama la femme en se précipitant vers sa fille pour l'embrasser chaleureusement.

Daniel sourit. Au moins, il connaissait son prénom maintenant. Charlotte, un nom qui sonnait bien pour une fille aussi belle. Elle essaierait encore de le repousser sans doute, mais il insisterait. Il connaissait les femmes et savait interpréter leurs contradictions. Charlotte était attirée par lui tout autant qu'il l'était par elle. Sa relation avec ce minable de Gary n'avait été qu'une illusion romantique, elle l'avait déjà compris. Et, bien entendu, il était naturel qu'elle fût encore bouleversée. Aucune femme n'appréciait d'être plaquée, et encore moins la veille de son mariage. Elle aimait aussi ses parents, et détestait l'idée de les décevoir. Quand elle leur annoncerait que ce mariage, pour lequel ils avaient dépensé une fortune, n'aurait pas lieu, elle aurait certainement besoin de réconfort.

— Et voilà notre cher Gary !

Avant que Daniel ait eu le temps de faire un geste, la mère de Charlotte le serra dans ses bras avec effusion, puis s'écarta de lui pour l'étudier de la tête aux pieds.

— Oh ! Vous êtes encore plus beau que sur les photos. Il est vrai que vous portiez des lunettes de soleil. Tu ne m'avais pas dit que Gary avait des yeux aussi magnifiques, Charlotte.

Trop abasourdie pour réagir, la jeune femme n'eut aucun mot pour détromper sa mère. Et Daniel lui-même était sidéré par le tour que prenaient les événements.

Mais l'erreur n'était-elle pas compréhensible ? Charlotte l'avait bien commise le matin même. A croire qu'elle avait un goût prononcé pour les hommes dans son genre. C'était une autre raison de penser qu'il finirait sûrement par lui plaire aussi.

— En fait, maman, articula enfin la jeune femme, ce n'est pas…

— Bien sûr que si, la beauté compte ! intervint son père en prenant la main de Daniel et en la serrant avec chaleur. Demain sera le plus beau jour de ma vie. Voir ma petite dernière enfin mariée à un homme digne d'elle ! Je dois vous dire, Gary, que son ex-fiancé était un vrai gamin.

— Papa, je t'en prie ! gémit Charlotte.

— Tu m'as dit que tu n'avais rien caché à Gary de ton histoire avec Dwayne. Rendez-vous compte, mon cher, qu'il portait une boucle d'oreille ! ajouta-t-il à l'adresse de Daniel avec une expression navrée. Un homme qui se respecte n'en porte pas !

— Ce qui est mon cas, lui assura Daniel sans avouer qu'il avait essayé de porter un anneau, avant de renoncer, tant il s'était trouvé vulgaire.

— Je l'ai remarqué. Vous êtes le genre d'homme que j'estime, Gary. Bienvenue dans notre famille, déclara solennellement le père de Charlotte en lui serrant plus vigoureusement la main.

Daniel aurait voulu à cet instant être Gary. Il détestait déjà l'idée de décevoir ces gens, presque autant que Charlotte. Aussi quand une idée folle mais ingénieuse germa dans son esprit, il décida immédiatement de l'appliquer.

— C'est un plaisir de vous rencontrer enfin, monsieur, déclara-t-il. Et vous aussi, madame… euh…

Bon sang ! Il ne connaissait pas leur nom de famille !

— Cela vous gêne-t-il si je vous appelle papa et maman ? improvisa-t-il.

— Pas du tout, mon garçon ! s'exclamèrent en chœur les parents.

Charlotte le fixait, visiblement horrifiée. Mais elle ne faisait rien pour rétablir la vérité.

— J'ai toujours voulu avoir un gendre qui m'appelle papa, s'exclama encore le père de Charlotte. John, le mari de notre Lizzie, dit Peter et Betty. Mais Keith, le mari d'Alice, nous appelle toujours M. et Mme Gale.

Daniel enregistra la double information.

— Ga… ry ?

Il fut étonné d'entendre la voix de Charlotte. Elle avait aux lèvres un joli sourire qui ne parvenait pas toutefois à dissimuler la crispation de ses traits et l'agacement dans son intonation.

— Puis-je te parler un moment ? Papa, maman, j'aimerais discuter de quelque chose avec Gary en particulier. Ça ne vous dérange pas ?

— Pas du tout, ma fille, répondit Peter Gale. Nous ferons un petit tour pendant ce temps-là. Viens, Betty, laissons nos tourtereaux un peu seuls.

— Bon sang ! A quoi jouez-vous ? marmonna Charlotte dès que le couple se fut suffisamment éloigné.

— Je suppose que je vais vous épouser demain, répondit Daniel d'un ton égal, qu'il agrémenta d'un sourire.

— Ne soyez pas ridicule !

— Ecoutez, cela n'aura rien de légal, la rassura-t-il. Et ça évitera à vos parents de passer un pénible moment. Vous aussi, vous vous sentirez mieux. Vous me semblez à bout, Charlotte.

La jeune femme secouait la tête en signe de totale incrédulité.

— Mon Dieu ! Vous êtes complètement fou !

— Absolument pas.

— Nous ne pourrons jamais nous en tirer comme ça !

— Si. Vos parents croient déjà que je suis Gary. Tout le monde le croira aussi.

— Pas Louise. Elle sait que Gary n'est pas venu.

Louise ?... Daniel fouilla dans sa mémoire afin de situer ce nom.

— N'est-elle pas votre meilleure amie ? Alors, dites-lui la vérité et demandez-lui de jouer le jeu.

— Mais... j'ai déjà annulé plein de choses ! protesta Charlotte.

— Lesquelles ?

— Le célébrant pour commencer, les fleurs, la location du smoking et... et...

— Rien qui ne puisse s'arranger.

Cependant, il se passerait des services d'un vrai célébrant. Ce serait trop compromettant. Il trouverait quelqu'un pour assumer ce rôle. Vince accepterait sûrement. Son beau-frère avait suffisamment le goût du risque pour prendre sa part dans cette comédie.

— Vous n'avez pas annulé le repas de noces, j'espère ? s'enquit-il.

— Non, pas encore.

— Où la cérémonie doit-elle avoir lieu ? Pas dans une église, si vous avez choisi un célébrant.

— Ici même, à l'hôtel.

— Pas de problème, donc.

— Mais vous êtes dingue ! souffla Charlotte.

44

— De vous. Oui, ma jolie.

Elle leva les yeux vers lui, sidérée par la rapidité avec laquelle il avait tout arrangé en tirant profit de sa ressemblance avec Gary.

Mais il ne lui ressemblait pas tant que ça, finalement.

— Je n'ai jamais rencontré un homme comme vous, avoua Charlotte sans pouvoir dissimuler son admiration. J'imagine que vous ne feriez pas la cour à une fille par Internet, que vous ne la demanderiez pas en mariage pour la laisser tomber ensuite.

— Non, Charlotte, je ne ferais pas ça. Mis à part le fait que je suis allergique au mariage, je ne supporte pas de communiquer par Internet, sauf pour raisons professionnelles. D'ailleurs, c'est très mauvais pour les yeux.

Elle se mit à rire, elle ne put s'en empêcher. Cette situation était tellement surréaliste !

Ce qui suivit le fut tout autant.

Tandis qu'elle riait, Daniel l'attira dans ses bras et l'embrassa, là, dans le salon de l'hôtel, devant tout le monde !

A trente-trois ans, Charlotte n'en était pas à son premier baiser. Mais cet homme l'embrassait comme il l'avait regardée à l'aéroport : avec une passion et une intensité folles. Ses bras l'enserraient étroitement, sa bouche la brûlait comme un fer rouge. Charlotte se sentit fondre sous ce sceau torride. Son esprit aussi était en feu. Quand il entrouvrit ses lèvres pour approfondir son baiser, la volonté de la jeune femme l'abandonna pour faire place au désir de se soumettre totalement à son pouvoir.

Il voulait jouer à l'épouser demain ? Pourquoi pas ?

L'emmener dîner ce soir ? D'accord.

Passer ensuite la nuit avec elle ?

Oui, cent fois oui !

A cet instant, elle entendit son père se râcler la gorge, ce qui la ramena à la réalité. Une fois qu'elle se fut écartée de Daniel, un semblant de bon sens lui revint. Mais la sensation de brûlure

45

qu'il avait suscitée en elle demeurait, lui suggérant que peut-être cet homme avait sur elle un effet qu'aucun autre n'avait eu et qu'il y avait sans doute beaucoup à découvrir avec lui.

Elle essaya de ne pas s'en émouvoir, tandis que Daniel semblait hautement satisfait de la situation.

Charlotte savait qu'il ne jouait pas cette comédie pour être agréable à ses parents. Il le faisait pour la soumettre à sa volonté et l'entraîner dans son lit. Elle reconnut malgré elle qu'elle aurait accepté à moins.

La veille encore, elle aurait méprisé celui ou celle qui aurait proféré qu'elle serait un jour une proie si facile ! Le fait qu'elle était prête à dire oui à Daniel Bannister quelques heures seulement après l'avoir rencontré était aussi choquant qu'incompréhensible.

Pourquoi lui ?

Etait-ce à cause de son physique de jeune premier ? De son charme ? De son esprit brillant ? Ou était-ce la force avec laquelle il semblait la désirer qui la séduisait et la poussait vers lui ? Des hommes l'avaient désirée avant, mais jamais de cette façon.

Ses joues étaient brûlantes et son cœur battait toujours à coups redoublés. Si elle ressentait un tel trouble après un baiser, comment réagirait-elle s'il lui faisait l'amour ?

Un frisson lui parcourut le dos à cette pensée, et elle sursauta quand il glissa amoureusement un bras autour de sa taille et la serra contre lui.

— Charlotte m'avouait que vous aviez organisé une fête bien plus importante que celle que nous envisagions.

— Je ne pouvais pas donner à la plus jeune de mes filles un mariage moins beau qu'aux deux autres, répondit son père.

Voyant sa fierté, Charlotte se dit qu'elle serait éternellement reconnaissante à Daniel de lui éviter de décevoir ses parents, et ce, quels que soient ses autres motifs pour monter cette comédie.

Bien sûr, cela risquait d'être délicat plus tard quand elle expliquerait pourquoi son adorable mari devait retourner aux Etats-Unis, et plus pénible encore quand elle annoncerait que leur mariage s'avérait être un échec. Mais pour l'heure, son père et sa mère souriaient et c'était tout ce qui lui importait.

— Pouvons-nous aller au restaurant maintenant, ma fille ? demanda son père. Nous n'avons rien avalé depuis le petit déjeuner.

— Je meurs de faim moi aussi, annonça Daniel en jetant à Charlotte un regard malicieux.

Cet homme était diabolique ! songea-t-elle. En même temps, il était impossible de ne pas l'apprécier ou de ne pas le désirer. Il avait dû faire des ravages parmi les femmes à Los Angeles. Ce mélange de magnétisme, d'arrogance et de bonnes manières était absolument détonant.

— J'espère que tu n'as pas choisi un de ces endroits où on attend interminablement avant d'être servi, reprit Peter Gale.

— Pourvu que non, renchérit Daniel. J'aime aussi être servi rapidement.

Charlotte haussa d'abord un sourcil moqueur, pour lui donner à entendre ce qu'elle pensait de ses sous-entendus. Puis lui décochant un sourire des plus sarcastiques, elle répondit :

— J'aurais parié que tu dirais ça. Ne t'inquiète pas, papa. Le bistrot n'est qu'à quelques pas d'ici. Vous, les hommes, vous pourrez commander une bière en attendant. Maman, que dirais-tu d'un porto ? Je sais que c'est ton apéritif préféré.

Le sourire chaleureux que sa mère lui adressa remplit Charlotte d'émotion. A l'inverse de ses sœurs, elle recevait rarement l'approbation maternelle. Ses aînées avaient réussi leurs études, avaient épousé les amoureux de leur enfance et avaient fait de beaux enfants.

Charlotte avait quitté très tôt le collège, ne savait ni cuisiner ni coudre, oubliait tout systématiquement et, jusqu'à récemment, était encore à la recherche d'un mari.

Une enfant difficile et rêveuse, répétait-on autour d'elle. « Je me demande ce qu'elle deviendra », avait même confié sa mère à tante Gladys.

Ce qu'elle était devenue ? Elle était partie à Sydney, à seize ans à peine, après avoir obtenu à l'insu de tous une place d'apprentie dans un salon de coiffure. Ses parents désemparés n'avaient pu la retenir ni la convaincre de terminer ses études, parce qu'elle était capable déjà de gagner sa vie.

En fait, la coiffure n'avait été qu'un prétexte pour atteindre le but qui lui tenait à cœur. Voir le monde, celui qui existait au-delà de la ferme, et rencontrer des gens, autres que des fils de fermiers. Mais très vite la ville était devenue trop limitée à son goût, de sorte qu'à la fin de son apprentissage, elle s'était embarquée sur des paquebots de croisière comme coiffeuse. A vingt-cinq ans, elle avait ainsi fait escale dans tous les grands ports du monde. Quand elle avait été lasse de la vie à bord, elle avait travaillé dans de hauts lieux touristiques d'Asie ou du Pacifique sud. Au fil du temps, et à sa grande surprise, le mal du pays l'avait gagnée et elle était rentrée en Australie. Au bout de quelques semaines de repos parmi les siens, elle avait compris qu'elle avait envie d'une existence plus stable. Avoir un amoureux qui resterait plus de quelques mois dans sa vie, un mariage, des enfants. Et même une maison, avec jardin, si possible !

C'était là le plus surprenant. Elle, l'éternelle vagabonde, se découvrait soudain les mêmes aspirations que les Australiennes de son âge !

Revenue à Sydney, Charlotte s'était trouvé un travail et un appartement, et s'était mise en quête de l'âme sœur. En fréquentant avec ses collègues les bars branchés le vendredi soir, et en s'inscrivant dans un club de gym…

C'était là qu'elle avait connu Dwayne, l'un des entraîneurs. Dès le départ, celui-ci n'avait pas caché son attirance pour elle. Moins de deux semaines plus tard, il lui donnait rendez-vous. Au bout d'un mois, ils emménageaient ensemble.

Mais leur relation avait ensuite stagné pendant deux ans. A vingt-huit ans, Dwayne n'était pas prêt pour le mariage et les enfants. Mais à trente, cela ferait partie de ses projets, lui avait-il promis. Charlotte avait patienté, tout en notant qu'ils se parlaient de moins en moins, que leur vie sexuelle était devenue terne et que Dwayne travaillait de plus en plus souvent le soir.

En y réfléchissant, le fait qu'il l'avait plaquée pour une autre n'avait finalement rien de surprenant. Ce qui l'avait blessée, en revanche, c'était la rapidité avec laquelle il avait épousé sa nouvelle conquête, déjà enceinte de lui.

Qu'est-ce que cette bimbo avait de plus qu'elle ? s'était-elle demandé. Pas seulement ses cheveux blonds. Des compétences sexuelles aussi assurément...

— Charlotte, est-ce le bistrot dont tu nous as parlé ?

La voix de sa mère la ramena à la réalité. Ils étaient arrivés à l'entrée de l'établissement sans qu'elle s'en rendît compte.

— Oui, c'est ici. Désolée, j'étais dans les nuages comme d'habitude.

Sa mère lui sourit avec indulgence.

— Il n'y a pas de mal à ça. Une jeune fille a le droit d'être rêveuse à la veille de son mariage. La plupart des jeunes mariées sont un peu anxieuses.

Son père se mit à rire.

— Anxieuse ? Notre Charlie ? Ça, c'est la meilleure !

Charlotte coula un regard vers Daniel, dont les yeux sombres et brillants étaient fixés sur elle.

— Un peu quand même, avoua-t-elle, ce qui était encore loin de la vérité. Si nous entrions ?

Prenant sa mère par le bras, elle la guida vers la petite salle.

Daniel et son père suivaient tout en bavardant, comme s'ils étaient les meilleurs amis du monde.

— As-tu choisi ? demanda Charlotte à sa mère qui passait une fois encore le menu en revue.

Les hommes voulaient commander des steaks. Elle-même n'avait guère envie de manger. Le stress lui coupait toujours l'appétit, l'excitation aussi. Et Dieu sait si elle avait eu sa dose des deux aujourd'hui.

Les boissons arrivaient et Charlotte porta immédiatement son verre à ses lèvres. Elle goûtait avec soulagement quelques gorgées de vin blanc glacé, quand un téléphone portable se mit à sonner.

Ce n'était pas le sien, mais celui de Daniel.

6.

— Veuillez m'excuser, dit Daniel en portant son téléphone à son oreille.

A son côté, Charlotte s'alarma et lui adressa un coup de coude. Un geste sans doute destiné à lui rappeler qu'il avait intérêt à faire attention à ce qu'il allait dire.

— Ah ! Bonjour, salua-t-il sans se compromettre.

— Beth à l'appareil. Je suis enfin sortie de chez le médecin. Tout va bien et j'ai encore pris un kilo. Et toi, où es-tu ? As-tu obtenu son nom ?

— Je suis en train de déjeuner avec Charlotte et ses parents, expliqua Daniel, en espérant que cette réponse réduirait sa sœur au silence.

Il avait raison. Beth en resta muette d'étonnement.

— Ne t'inquiète pas pour moi, se hâta-t-il d'ajouter. Je prendrai un taxi pour rentrer quand nous aurons terminé, mais ce ne sera pas avant un moment. Des choses à régler, tu comprends ? Merci d'avoir appelé. A plus tard.

Daniel éteignit son téléphone par précaution en se promettant d'avoir une plus longue conversation avec Beth dès qu'il en aurait l'occasion.

— Désolé pour cette interruption, s'excusa-t-il d'une voix enjouée. C'était ma logeuse. Elle et son mari m'hébergent pour ce soir, car il ne me semblait pas correct de passer la nuit chez Charlotte. Pas la veille de notre mariage.

— Ces personnes viendront-elles à la noce, Charlotte ? demanda Betty Gale.

— Eh bien…

— Non, je ne les ai pas invitées. Je n'imaginais pas que ce serait un grand mariage, rappelez-vous.

— Il faut qu'ils soient des nôtres, insista M. Gale. Charlotte, nous pouvons sûrement lancer une invitation de dernière minute.

Charlotte pesta intérieurement. Mon Dieu ! Comment sortir de cet imbroglio ?

— Je ne crois pas, papa. Le nombre d'invités a été arrêté il y a quelques jours pour le repas.

— Je vous en prie, ne vous tracassez pas, renchérit Daniel. Ils ne s'attendaient pas à être de la fête de toute façon.

— Si vous le dites, Gary.

Charlotte se raidit. Elle détestait les entendre prononcer ce nom ! « Daniel » était bien plus agréable à l'oreille. Daniel Bannister. Mme Daniel Bannister, se répéta-t-elle rêveusement.

— Tu n'es pas au régime au moins, ma chérie ? lui demanda soudain Daniel en constatant qu'elle touchait à peine à son assiette.

Charlotte faillit s'étrangler. C'était plus le choc de ses sottes pensées que l'effet du mot tendre qu'il avait employé. Car il ne faisait que jouer la comédie. Il n'y avait aucune tendresse derrière ce « ma chérie ». Ce qui ne l'empêchait pas, elle, de fantasmer sur leur couple improbable !

Seigneur, elle était incorrigible ! Cette lamentable histoire avec Gary ne lui avait donc pas servi de leçon ? Si elle s'amusait à croire qu'elle était amoureuse de Daniel, elle avait vraiment besoin de consulter un psy ! Il est vrai qu'il était beau comme un dieu et incroyablement sexy, avec une personnalité à la fois puissante et dynamique. Elle ne doutait pas qu'il fût un amant époustouflant.

Mais il n'était pas prêt à s'engager, il l'avait dit. Selon ses propres mots, il était allergique au mariage. Et sa sœur l'avait quasiment traité de dragueur invétéré.

Le bon sens lui commandait donc de ne pas se faire d'idées romantiques à son sujet. Il n'avait rien du chevalier volant au secours d'une demoiselle en détresse. Son unique intention était de la séduire.

Une réalité qu'elle ne devait pas perdre de vue, au risque de le regretter cent fois plus qu'elle n'avait regretté Gary.

— Charlotte mange peu quand elle est stressée, répondit Betty à cet instant.

— Moi, c'est le contraire, déclara Daniel. J'ai un féroce appétit dans ces moments-là.

— J'ai du mal à t'imaginer dans cet état, dit Charlotte avec un petit rire ironique.

— Tu serais surprise.

Ma parole ! Ce type n'avait jamais douté de lui-même !

— Je crois qu'on ne peut pas aimer autrement, concéda Peter. J'étais stressé quand j'ai épousé ta mère, puis à chacune de ses grossesses. Et je le serai encore quand Gary et toi attendrez votre premier bébé.

A ces mots, Charlotte sentit les larmes lui monter aux yeux, sans qu'elle sût pourquoi. Bon sang ! Il fallait absolument qu'elle sorte d'ici, au moins pour une minute ou deux. Repoussant son assiette, elle se leva précipitamment.

— Désolée, je ne me sens pas bien. Le vin…

Foncer vers les toilettes lui fut salutaire. Non seulement les larmes s'arrêtèrent d'elles-mêmes, mais cela lui donna aussi l'occasion d'appeler Louise. Dieu seul savait comment celle-ci allait réagir, songea-t-elle en composant le numéro du salon de coiffure où travaillait son amie.

La patronne n'appréciait pas que ses employées reçoivent des appels personnels, surtout pas le vendredi. Mais c'était un cas d'urgence, non ? Charlotte dut attendre un moment, durant lequel son anxiété ne cessa de croître.

La voix de Louise se fit finalement entendre, légèrement hors d'haleine :

— Oui ?

— C'est Charlotte. Tu n'as raconté à personne ce qui s'est passé avec Gary, n'est-ce pas ?

— Non. Pourquoi ?

— Pas même à Brad ?

Brad était l'amoureux de Louise et devait être le témoin du marié.

— Je n'en ai pas eu l'occasion. J'allais lui en parler ce soir. Nous allons prendre un verre après le boulot.

— Oh ! Tant mieux. Parce qu'il se trouve que le mariage aura lieu en définitive.

— *Quoi ?* Tu veux dire que Gary a plaqué sa secrétaire et qu'il est en route finalement ?

Charlotte lui rapporta en quelques mots ce qui s'était passé.

— Maintenant, ne dis rien, l'avertit-elle avant que son amie puisse se lancer dans un torrent de protestations. Tout est décidé et rien de ce que tu diras ne pourra m'arrêter.

— Ça ne me regarde pas. C'est ta vie, après tout. Quand même, ce Daniel a l'air d'être rudement plus intéressant que ton Gary. Et il en pince pour toi, on dirait. J'imagine qu'il est plutôt mignon, s'il ressemble à Gary. Encore que je ne trouvais pas celui-ci si terrible que ça sur les photos.

— A côté, Gary est quelconque, tu sais.

— Tiens, tiens ! Il n'est pas le seul à être mordu. J'ai toujours dit que tu n'aimais pas ton fiancé, et vice versa.

— Je sais, Louise. Mais dans le cas présent, il ne s'agit pas d'amour.

— Tu succombes à une toquade sexuelle ?

— C'est possible, répondit Charlotte d'un air vague.

Car elle était bien forcée d'admettre que les pensées que Daniel lui inspirait étaient dangereusement érotiques.

— Il est temps aussi. Ecoute, nous en reparlerons ce soir. Alvira me fusille du regard et il faut que je raccroche. Tu seras à la maison à un moment ou à un autre, n'est-ce pas ?

— Oui, bien sûr, affirma Charlotte.

Et c'était bien son intention. Daniel attendrait le lendemain pour l'entraîner au lit. Elle avait aussi sa fierté !

A son retour à la table familiale, il l'accueillit avec un regard interrogateur. Mais elle pouvait difficilement lui répondre avant la fin du repas. Elle attendrait pour cela que ses parents montent dans la chambre qu'ils avaient réservée dans l'hôtel.

Charlotte laissa échapper un soupir de soulagement quand, le dessert avalé, elle les vit disparaître vers l'ascenseur.

— Vous avez l'air fatiguée, déclara Daniel.

— Mais je *suis* fatiguée !

— Dans ce cas, je vous dispense du dîner de ce soir. Il vaut mieux que vous rentriez et que vous passiez une bonne nuit.

— Je n'ai jamais dit que j'irais dîner avec vous ce soir, lui rappela-t-elle sèchement.

— Ce n'est pas ce que la jeune femme qui m'a embrassé tout à l'heure m'a laissé entendre.

— C'est *vous* qui m'avez embrassée !

— Mais vous avez aimé ça. Pour ne pas dire plus.

— Bonté divine ! Vous êtes impossible !

— Et vous, irrésistible.

Charlotte se mit à rire malgré elle.

— Ce n'est pas ce que pensaient mes derniers amoureux.

— Alors, c'était des crétins. Pas moi !

— Oh ! Pour ça, je n'ai que votre parole. Pourquoi tenez-vous tant à jouer cette comédie demain ? lui demanda-t-elle, déterminée à lui faire mettre cartes sur table. Pourquoi me poursuivez-vous ? Et répondez-moi franchement, s'il vous plaît. J'en ai assez des hommes qui m'abreuvent de mensonges.

Il haussa les épaules.

— Certaines choses sont impossibles à analyser, Charlotte. Quand je vous ai rencontrée ce matin, j'ai été comme frappé par la foudre. Je n'ai jamais ressenti ça pour aucune femme, surtout pas une blonde.

Charlotte, à la fois flattée et prise au dépourvu, ne put s'empêcher de demander :

— Vous n'aimez pas les blondes ?

— Disons qu'elles me rappellent de mauvais souvenirs. Mon père a quitté ma mère et, après ça, toutes ses épouses ont été des blondes.

— *Toutes ?* Combien en a-t-il eues ?

— Cinq, aux dernières nouvelles, ma mère y compris. Mais il n'a que soixante-cinq ans et donc tout le temps d'en avoir d'autres.

Sa voix vibrait de tant d'amertume que Charlotte eut soudain le désir d'en connaître davantage sur cet homme qui, bien qu'allergique au mariage, allait faire semblant de l'épouser demain.

— Si nous allions prendre un café quelque part ? suggéra-t-elle. Il faut vraiment que nous parlions.

Il ébaucha un de ces sourires particulièrement sensuels qui n'appartenaient qu'à lui.

— Nous avons besoin de faire une foule de choses ensemble. Mais vous avez raison, parler me semble un bon début. Dans un endroit public, pour que je ne sois pas tenté de vous toucher. Vous embrasser tout à l'heure m'a fait un effet terrible. Si je n'avais pas réussi à me calmer en mangeant, je n'aurais juré de rien.

Charlotte se surprit de nouveau à rire.

— Vous êtes un homme dangereux, vous savez ?

Non, Daniel l'ignorait. Bizarrement, ce commentaire inattendu l'amena à analyser ces choses dont il avait parlé, ses sentiments pour Charlotte.

Etait-ce simplement le désir physique qu'elle lui inspirait qui avait dicté son ahurissante conduite de la journée ? Se prêtait-il à cette mascarade seulement pour l'entraîner dans son lit ?

Non. Il y serait parvenu de toute façon. La manière dont elle avait répondu à son baiser l'avait renseigné là-dessus. Il avait agi de la sorte parce qu'il l'appréciait véritablement. Comme il appréciait sa famille, des gens aimables et chaleureux comme il n'en avait jamais rencontrés, et il détestait les imaginer dans la peine.

Il ne ferait pas cet aveu à Charlotte, décida-t-il. Mieux valait qu'elle le croie dangereux. Cette pensée semblait l'amuser et la troubler. Car elle était d'un naturel fragile, même si elle n'avait rien d'une jeune fille naïve. Il avait affaire à une femme, belle et sexy, dotée de besoins et d'envies spécifiques. Cela faisait huit mois qu'elle n'avait pas été intime avec un homme. Lui-même était célibataire actuellement. Il était grand temps qu'ils trouvent ensemble un peu de réconfort.

La perspective de cette nuit de noces allait le tenir longtemps éveillé, il en était sûr. Cette pensée le ramena à leurs préoccupations présentes.

— Où voulez-vous prendre le café ? demanda-t-il.

— Sur les quais, par exemple. Ensuite, je pourrais vous emmener jusqu'au magasin de location qui se trouve sur le chemin. Il vous faut un smoking.

— Pas la peine. J'en ai toujours un dans mes bagages.

— Quel genre ? s'enquit Charlotte.

— Noir. Veste droite à revers satin. Chemise blanche et cravate. Ça fera l'affaire ?

— Parfait. Voilà déjà une bonne chose de faite. Reste à prévenir le fleuriste que la commande est maintenue, et le célébrant civil.

— D'accord pour le fleuriste, mais laissez tomber le célébrant. Nous ne pouvons pas nous offrir ses services, ce serait trop risqué légalement, Charlotte. Je me charge de trouver quelqu'un qui jouera ce rôle. C'est mon beau-frère. Quant à la suite nuptiale, nous pouvons la relouer.

— La… suite nuptiale ? s'étrangla-t-elle.

Ses yeux se rivèrent à ceux de Charlotte, immenses et bleus, tandis qu'il gardait les paupières plissées.

Un instant, il fut désarçonné par la panique soudaine qu'il lut dans ses jolies prunelles. Elle s'était quand même rendu compte que la journée du lendemain finirait de cette façon, non ?

— Vous avez dit que vous aviez annulé la réservation, lui rappela-t-il.

— Je… En fait, je n'avais pas commandé l'une des suites nuptiales, avoua-t-elle, confuse. C'est vrai qu'il y en a plusieurs ici, chacune décorée selon un thème différent. Mais elles sont horriblement chères. J'avais réservé une suite ordinaire.

— Vous n'avez plus besoin de vous inquiéter des dépenses. C'est moi qui offre. Allez chez le fleuriste pendant que je m'occupe de la suite. Après quoi, nous irons prendre ce café bien mérité.

Dix minutes plus tard, ils marchaient le long de George Street en direction des quais. Le temps était plus chaud, tout en restant agréable. Charlotte n'avait eu aucun mal à repasser sa commande chez le fleuriste. Daniel de son côté semblait satisfait de sa démarche.

Elle n'osa cependant lui demander quelle suite il avait retenue, car elle refusait de penser à la nuit de noces.

— Vous avez bien maîtrisé la situation tout à l'heure avec vos parents, la complimenta-t-il comme ils s'arrêtaient à un carrefour. Personne n'aurait cru que vous étiez bouleversée. Or, vous deviez l'être. Je ne suis pas insensible au point d'ignorer que cette journée a été pénible pour vous.

Oui, et à plus d'un titre ! aurait-elle pu répondre. Etait-ce si fréquent qu'un homme vous plaque et qu'un autre vous envoûte, le tout en l'espace de quelques heures ?

— Déformation professionnelle, dit-elle simplement.

Elle lui parla alors de son métier, dans lequel elle avait appris à ne pas montrer ses sentiments.

— Sauf quand je viens d'être plaquée par mon amoureux, acheva-t-elle. Et que je découvre que l'homme qui était supposé m'aimer a mis une autre enceinte ! Me croirez-vous si je vous dis que ce n'est même pas la première fois que cela m'arrive ?

— C'est une terrible malchance.

— Sans doute, répondit-elle avant de lui conter brièvement son histoire avec Dwayne.

Daniel hochait la tête en signe de sympathie. Ils avaient atteint les quais, et la terrasse du café dont Charlotte avait parlé était en vue.

— Pour un homme, vous savez merveilleusement écouter, fit-elle remarquer.

— Déformation professionnelle, répondit-il à son tour en souriant. Je suis spécialisé dans les affaires de divorce et je défends exclusivement des femmes. Pour tout vous dire, certaines histoires sont si horribles que j'ai parfois honte d'être un homme.

— Pourquoi ne défendre que les femmes ? s'étonna-t-elle, tandis qu'ils s'installaient à une table dans un coin ombragé.

— C'est une longue histoire.

Mais Charlotte refusait d'en rester là. Si bien qu'au bout de dix minutes, et même s'il n'avait pas eu l'intention d'en dire davantage, Daniel se surprit à évoquer la désertion de son père et ses mariages successifs.

— Je comprends, compatit-elle. Et votre mère ? Comment vit-elle à présent ?

Daniel sentit l'air se comprimer dans sa gorge.

— Elle est morte l'an dernier, dit-il simplement.

— Oh ! C'est terrible, s'exclama la jeune femme, le regard empli d'une réelle compassion. Je serais dévastée s'il arrivait malheur à la mienne. Vous l'avez été vous aussi. Je le lis sur votre visage.

Daniel écarquilla les yeux d'étonnement. Il avait toujours mis un point d'honneur à ne pas montrer ses émotions. Peut-être n'était-il pas aussi doué qu'il le pensait. Ou alors Charlotte était extrêmement observatrice. Il avait lu quelque part que les coiffeuses étaient non seulement de bonnes conseillères, mais aussi d'excellentes thérapeutes. Ne passaient-elles pas autant de temps que lui-même avec les clientes ?

— C'est pour cela que vous êtes venu voir votre sœur. Parce qu'elle est la seule personne capable de vous comprendre, n'est-ce pas ? continua-t-elle.

Une fois de plus, Daniel fut pris au dépourvu par la perspicacité de la jeune femme. Il n'avait pas l'habitude d'être mis à nu si facilement.

— En partie, convint-il. Car j'avais aussi envie de rentrer à Sydney. C'est un endroit incomparable, et j'y suis chez moi.

Ce disant, il regarda autour de lui. Leur table n'était qu'à quelques mètres du port. A sa gauche, se profilait la curieuse silhouette du Harbour Bridge et, à sa droite, le splendide Opéra déployait les voiles blanches de sa toiture. Ce cadre était unique au monde.

— Je vois ce que vous voulez dire. J'ai vécu sur d'autres continents, et finalement j'ai voulu revenir en Australie, moi aussi.

Sur cet aveu, Charlotte prit sa tasse. Daniel l'imita, savourant son café à petites gorgées, tout en admirant sa ville natale baignée de soleil.

— Daniel...

— Oui ?

— Merci pour tout, quelles que soient vos motivations. Vous avez été formidable avec mes parents et très indulgent en ce qui concerne le repas.

— Je l'ai énormément apprécié.

— Oh ! Allons. Un avocat réputé de Hollywood est habitué aux déjeuners mondains, et à une compagnie plus sophistiquée, non ?

Il y était habitué, certes. Et cela l'ennuyait mortellement.

— Je préfère de loin celle que j'ai eue aujourd'hui et que j'aurai encore demain, affirma-t-il.

— Qu'y aura-t-il après, Daniel ? Je veux dire... Vous rentrez aux Etats-Unis dans deux semaines, n'est-ce pas ?

— C'est ce qui est prévu, en effet. D'ici là, j'ai pensé que vous pourriez avoir besoin d'une présence pendant votre lune de miel dans la Hunter Valley.

Charlotte ouvrit grand les yeux.

— Je vous ai parlé de ça ?

— Evidemment.

— Je suis une incorrigible bavarde !

— Alors, que décidez-vous ?

Elle lui jeta un regard direct, et — sans le savoir — un peu trop expressif. Elle désirait qu'il l'accompagne, il le sentait.

— Je ne crois pas que ce soit une bonne idée, Daniel, répondit-elle néanmoins. J'ai beau vous trouver séduisant, je ne veux pas risquer de m'impliquer affectivement avec vous. Vous m'avez donné votre opinion sur le mariage, et il serait inutile de continuer à nous voir. Si je voulais épouser Gary, c'était parce qu'il affirmait désirer la même chose que moi. Le mariage, les enfants... J'ai trente-trois ans, et pas de temps à perdre avec un homme qui ne partage pas ma vision de l'avenir. Je passerai la nuit de noces avec vous, mais au matin ce sera terminé entre nous.

Cette tirade eut sur Daniel un double effet : elle l'impressionna, en même temps qu'elle le dégrisa.

Depuis toujours, c'était lui qui fixait les règles dans ses relations avec les femmes. Or, il venait d'en rencontrer une qui dès le départ lui annonçait la couleur.

D'ordinaire, ses conquêtes cherchaient à le piéger au-delà de ce qu'il leur proposait : une aventure purement sexuelle. Charlotte, elle, était disposée à lui accorder une nuit, et une seule. Après quoi, elle l'enverrait promener.

Quelle femme ! Il faudrait être fou pour cesser de la désirer passé ce délai. L'envie de la prendre dans ses bras et de lui avouer qu'il était déjà impliqué émotionnellement était terriblement forte.

Mais il se ravisa.

Charlotte était une femme déterminée et extrêmement prudente. S'il lui disait qu'il pourrait bien avoir changé d'avis sur beaucoup de choses depuis qu'il l'avait rencontrée, elle penserait qu'il essayait de la duper, dans l'intention d'assouvir ses désirs charnels au-delà de la nuit qu'elle lui accordait.

Restait à faire semblant d'accepter sa décision. Mais plus elle serait décidée à lui résister, plus il mettrait de détermination à la conquérir.

Pas pour s'engager dans la vie à deux, bien sûr. Jamais il n'adhérerait à cette institution peu réaliste et aléatoire qu'était le mariage. Fort heureusement, ce n'était pas la seule perspective, d'une relation.

— Ça me semble assez équitable, dit-il, satisfait de voir qu'elle était déçue par sa réponse. Puis-je quand même savoir ce que vous direz à votre famille à notre sujet ?

— C'est mon problème. Je me rendrai seule à la Hunter

Valley. Là, j'aurai le temps de décider quand et comment je leur annoncerai que notre union a été un fiasco.

— En attendant, vous feriez bien de me renseigner sur le déroulement de la journée de demain. Heures, lieux, etc. Ensuite, pourriez-vous me conduire chez ma sœur ? Ce sera plus facile si nous lui expliquons ensemble ce que nous projetons de faire demain.

— Oh ! Non... J'y suis vraiment obligée ?

Daniel ne s'inquiéta pas de cette résistance. Il savait que Beth aimerait Charlotte.

— Oui, décréta-t-il d'une voix ferme. Vous ne pouvez pas y couper.

7.

— Tu es sûre de ce que tu fais, Charlotte ? demanda Louise.
Parce que, après, il sera trop tard.

Assise sur une chaise de cuisine, une cape en plastique sur
les épaules, Charlotte mit quelques instants à émerger de sa
rêverie. L'espace d'une seconde, elle crut que son amie parlait
de sa décision de s'engager dans ce pseudo-mariage, lequel
serait célébré le jour même. Mais Louise, qui s'apprêtait à lui
appliquer une coloration, voulait seulement lui laisser une ultime
chance de rester blonde.

— Tout à fait, lui répondit-elle.

S'il y avait une chose dont Charlotte était sûre, c'était bien
de vouloir changer sa couleur de cheveux. Pour le reste, c'était
une autre histoire.

Bon sang ! Elle aurait dû dire la vérité à ses parents tout de
go. En faisant semblant d'épouser Daniel, puis en s'offrant une
nuit avec lui dans une suite somptueuse, elle allait au-devant
d'ennuis, c'était certain.

Car cet homme était une bombe sexuelle. Et elle… une
pauvre idiote !

Déjà, elle se sentait attirée dans ses filets et désirait plus qu'une
nuit avec lui. Si au lit il était aussi doué qu'elle le supposait,
comment se sentirait-elle au matin ?

Comptait-il là-dessus pour arriver à ses fins ? Il avait été trop pressé d'accepter sa décision de partir seule en voyage de noces, et elle aurait parié qu'il prévoyait de la persuader autrement. Tout ce qu'elle espérait, c'était d'avoir le courage de lui dire non le moment venu.

— A tes risques et périls, lança Louise avant d'appliquer la couleur, d'un joli brun chaud.

— Enfin, Louise, tu m'as toujours dit que je n'étais pas aussi jolie en blonde. Et j'étais d'accord avec toi au fond. Maintenant que je n'ai plus à plaire à Gary, j'ai hâte de redevenir brune.

— A qui essaies-tu de plaire cette fois ? Pas à ce Daniel, j'espère. Tu n'es quand même pas tombée amoureuse de lui ?

Charlotte n'aurait pas dû marquer une légère hésitation.

— Oh ! Alors, c'est vrai ? s'écria son amie.

— Non, je t'assure, nia Charlotte. Bien qu'il soit du genre à tourner la tête à toutes les femmes. Attends de le voir, Louise, et tu comprendras. Il a tout de suite emballé papa et maman. C'en était presque embarrassant. Un véritable tour de force.

— Encore un beau parleur. Voilà l'impression qu'il me fait. Comme Gary et Dwayne. Tu es toujours attirée par les bonimenteurs.

— Il ne ressemble en rien à mes ex, se défendit Charlotte. Il est bien plus dangereux.

En même temps, elle se rendait compte que Gary et Dwayne ne l'avaient trompée que par faiblesse. Daniel, lui, n'avait certainement rien d'un faible.

— Tu comprendras quand tu le verras, répéta-t-elle.

— Je n'attends que ça. Et Brad aussi.

— J'aurais préféré que tu ne dises pas la vérité à Brad.

— Tu n'espérais tout de même pas que je lui cache ça ? Il doit s'habiller avec ce type. Brad a un flair infaillible pour détecter les arnaques. Il aurait tout de suite su que quelque chose clochait.

— Sans doute.

— Ne t'inquiète pas. Il a plutôt aimé ce que je lui ai dit. Brad admire les ambitieux.

Charlotte ne put réprimer un frisson. Ambitieux ? Elle n'avait pas envie de savoir à quel point Daniel l'était. Elle essayait de ne pas trop penser à lui à ce moment précis. Elle avait un mariage à affronter et…

Bon sang ! Qui voulait-elle leurrer ? Si elle avait choisi de redevenir brune, n'était-ce pas parce qu'elle espérait lui en mettre plein la vue tout à l'heure ?

Une vanité qui risquait de lui coûter cher, si jamais Daniel la trouvait encore plus à son goût en brune. Mais elle n'avait pu résister à la tentation de gommer le détail qu'il aimait sans doute le moins en elle. Ses cheveux décolorés.

— Tu vas être fabuleuse avec cette nouvelle couleur, dit Louise comme pour la conforter dans son opinion. Il va en tomber à la renverse. Et cette robe de mariée ! Qui sait ? Peut-être va-t-il vraiment s'éprendre de toi et bientôt ce sera un vrai mariage que vous célébrerez.

— Tu peux toujours rêver, Louise. Il défend des affaires de divorce et son père s'est marié cinq fois. Daniel est un opposant acharné au mariage, sauf quand ça le mène dans le lit de la mariée.

— Charlotte ! Tu deviens aussi cynique que moi. Je déteste te voir comme ça. Où est passé ton bel optimisme de fille du bush ?

— Une autre façon de dire que je suis naïve et sotte. Eh bien, je n'ai pas l'intention de l'être plus longtemps. Je vais passer une nuit avec Daniel, pour voir s'il est aussi craquant au lit qu'en dehors. Et demain, je le renvoie dans ses pénates.

— Tu ne l'emmènes pas en voyage de noces ?

— Pas question.

— Mais pourquoi ? Je parie qu'il viendrait.

— J'en suis même sûre. Mais je suis incapable d'utiliser les hommes comme tu le fais, Louise. Je ne suis pas douée pour ça. Je risque de tomber amoureuse et d'avoir le cœur brisé une fois de plus.

— Tu as raison. C'est ce qui te pend au nez.

Un silence s'installa que Louise fut la première à rompre.

— Tu penses vraiment que je me sers des hommes ?

Charlotte soupira. Elle aimait son amie, mais celle-ci était terriblement dure envers le sexe opposé, qu'elle croyait incapable d'aimer vraiment et attiré uniquement par l'amour physique. Louise estimait que ce genre de relation ne durait guère plus de six mois. Or, elle et Brad étaient ensemble depuis ce laps de temps justement.

— Brad t'aime vraiment, Louise.

Celle-ci se mit à rire.

— Je sais ce que Brad aime, et c'est pourquoi nous sommes ensemble. Il est époustouflant au lit. Et il peut tenir toute la nuit.

— Vraiment ? *Toute* la nuit ?

— Il est admirable, je te dis, déclara Louise d'une voix émue.

— Si Daniel n'est pas à la hauteur, peut-être pourrais-tu me prêter Brad pour une nuit ? railla Charlotte.

— Ça, ma vieille, jamais de la vie !

— Ah ! Tu vois ? Tu l'aimes, dit Charlotte en se tournant vers son amie. Entre vous, il n'y a pas que le sexe.

Louise réfléchit un instant, le bras levé, le pinceau en l'air.

— Oui, probablement. Mais je n'ai pas l'intention de le lui dire. Du moins, pas maintenant. Revenons-en à toi, Charlotte-au-cœur-tendre. Je pourrais te présenter à un des amis de Brad dans une semaine ou deux.

— Non, je crois que je vais oublier les rendez-vous pour un bout de temps.

— Ne tarde pas trop quand même. Tu sais ce qu'on dit : quand on tombe de cheval, il faut remonter en selle aussitôt.

Charlotte ne répondit pas. Elle pressentait que Daniel serait le dernier homme de sa vie. Elle demeura silencieuse, triturant la bague de fiançailles de Gary qu'elle était forcée de porter, au moins jusqu'au mariage.

Le mariage…

Une vague de dépression l'envahit soudain en pensant à toute cette mise en scène. Il était ridicule de croire qu'elle allait briller aujourd'hui et ce soir. Blonde ou brune, elle était la même fille sotte, qui était continuellement plaquée par ses amoureux.

Au matin, Daniel serait soulagé de ne pas l'accompagner dans son voyage de noces et quitterait la suite nuptiale, avant même le petit déjeuner…

Les sanglots contenus de Charlotte décidèrent Louise à poser son pinceau et à venir s'agenouiller devant son amie. A la vue de ses yeux inondés de larmes, elle sentit sa gorge se nouer. Elle aurait dû prévoir que Charlotte serait fragile ce matin !

— Allons, ma puce, la consola-t-elle. Tiens, si je n'avais pas peur d'avoir la figure toute barbouillée, je te ferais un gros câlin. Mais tu ne veux pas que ta demoiselle d'honneur ait l'air d'avoir utilisé un autobronzant bon marché, n'est-ce pas ?

Un sourire timide naquit sur les lèvres tremblantes de Charlotte.

— Ecoute, je sais que ça va être dur pour toi aujourd'hui, mais rappelle-toi pourquoi tu le fais, dit Louise d'un ton encourageant. Tu ne supporterais pas l'idée de blesser tes parents, n'est-ce pas ?

— Tu as raison, acquiesça Charlotte en s'essuyant les yeux. Je suis pathétique. Ne t'inquiète pas, ça ira. Termine ma coloration. Je veux être la plus belle des mariées et que mes parents soient fiers de moi.

— A la bonne heure ! claironna Louise.

Le beau Daniel devait s'attendre à une surprise de taille, pensa-t-elle. Si hier Charlotte l'avait troublé, en mariée elle allait éveiller sa libido au-delà de ses espérances !

8.

— *Gary*, c'est la première fois que tu te maries ?

Daniel, occupé à nouer sa cravate, suspendit son geste pour adresser un regard éloquent à son supposé témoin.

Brad avait vingt-cinq ans environ, des cheveux blond cendré et un sourire malicieux. Agent immobilier de son état, il fréquentait la meilleure amie de Charlotte depuis six mois, bien qu'il fût de dix ans son cadet. Il avait un air intelligent et quelque chose semblait follement l'amuser. Il n'était pas difficile de deviner quoi.

— C'est bon, Brad, répondit Daniel. Arrête. Tu sais pertinemment ce qui se trame ici, alors cesse de m'appeler Gary. En privé du moins. Mon nom est Daniel, dit-il en lui tendant la main pour la deuxième fois de la matinée.

Brad la serra en souriant.

— Content de te connaître, Dan. Désolé pour la blague. Je ne résiste jamais à une occasion de rire. Plus sérieusement, je pense que ce que tu fais pour Charlotte est rudement bien. C'est une fille super. Tu es sûr de ne pas vouloir l'épouser pour de bon ?

Daniel sourit.

— En dépit des formalités administratives qui ne peuvent se régler en un délai aussi court, je ne crois pas que ce serait très raisonnable. Je n'ai rencontré Charlotte qu'hier.

— Et alors ? J'ai su en quelques minutes que Lou était celle que je cherchais. Quelle fille sexy ! Dommage qu'elle soit si dure. Normal, elle a été échaudée à plusieurs reprises. Mais je l'épouserai un jour, c'est sûr.

— Tu as déjà fait ta demande ?

— Oh ! Oui. Dès la première semaine. Lou a tellement ri que j'ai décidé d'attendre un peu avant de renouveler ma proposition. Elle dit que les hommes jeunes ne sont bons qu'à une chose, et ce n'est pas le mariage. Mais je fais des progrès, se défendit-il en souriant. Nous passons parfois du temps ensemble en dehors du lit maintenant.

Daniel ne put s'empêcher de rire. Puis le mot « lit » lui fit penser à la nuit qui s'annonçait. Franchement, il n'avait jamais été aussi tendu. Cette journée s'avérait décidément plus stressante qu'il ne l'avait prévu.

— Pour répondre à ta première question, déclara-t-il en défaisant son nœud de cravate qui était trop lâche. Non, je n'ai jamais été marié.

— Célibataire, alors. Quel âge as-tu, Dan ?

— Trente-six.

— Une petite amie aux Etats-Unis ?

— Pas en ce moment.

— Lou m'a dit que tu étais avocat. Fortuné, je suppose ?

— J'ai une situation confortable, admit-il avec modestie. Grâce à des investissements dans le cinéma.

Un petit rire salua cette réponse.

— Et flegmatique avec ça ! commenta Brad. Dommage que tu ne veuilles pas épouser Charlotte pour de bon. Tu ferais un bon mari, je pense. Lou est d'un autre avis. Elle croit que tout ce qui t'intéresse, c'est d'arriver dans le lit de Charlotte.

— Quoi ? s'écria Daniel en faisant volte-face si vivement que son nœud de cravate se dénoua.

Brad haussa les épaules.

— C'est l'opinion de Lou. Elle prête toujours les pires intentions aux hommes. Personnellement, ça ne me choque pas que tu veuilles arriver à tes fins avec Charlotte. Elle est belle et elle serait aussi douée qu'une autre au lit si elle tombait sur un type qui savait la prendre.

Daniel s'efforça de ne pas paraître trop choqué par ces paroles. Mais il l'était réellement.

— Je ne crois pas que nous devrions discuter de la vie sexuelle de Charlotte, répliqua-t-il un peu sèchement.

Brad fut un peu interloqué par cette réprobation.

— Ah ! Eh bien… Désolé. C'est juste que Louise m'a dit que tu passerais la nuit avec elle dans une suite de rêve, alors j'ai pensé qu'il valait mieux que je te prévienne.

— Eh bien, merci.

Daniel se remit à nouer sa cravate, tandis que les étonnantes révélations de Brad se bousculaient dans son cerveau. Qui aurait imaginé que la jeune femme qui l'avait embrassé avec tant de passion était si inexpérimentée sexuellement ? Peut-être n'était-elle pas tombée sur le bon partenaire ?

Pour la troisième fois, il essaya de faire le nœud de sa cravate, mais sans plus de succès.

— Tu n'es pas doué pour ça, on dirait, fit remarquer Brad.

— D'habitude, si.

— Alors, c'est que tu es plus nerveux que tu veux bien le dire.

— Il n'y a pas lieu de l'être, répliqua Daniel, irrité par sa maladresse. Ce n'est qu'une comédie.

— Pas les discours, mon vieux.

— Les discours ? Tu veux dire que j'aurai à prononcer *un discours ?*

— Eh oui ! Tu n'as jamais assisté à un mariage avant ?

— Je les évite.

En tant qu'avocat, chargé d'affaires de divorce, il lui était difficile de participer à la joie d'une noce. Il serait bien allé à celui de Beth, mais celle-ci avait préféré se marier en douce.

— Tu as quand même dû voir ça au cinéma, s'étonna Brad. *Le mariage de mon meilleur ami, Quatre mariages et un enterrement.* Il y avait un discours délirant dans ce film, mais je ne pense pas qu'il était prononcé par le marié. C'était plutôt le témoin. Or, aujourd'hui, c'est moi. Je dois faire un discours sur toi, tu en fais un sur la mariée. Un truc à l'eau de rose. Tu vois ?

Daniel ébaucha une grimace. Cela s'annonçait plus difficile qu'il ne l'avait imaginé. Les discours, ça le connaissait bien sûr, mais il n'allait pas s'adresser à un jury de tribunal cette fois.

— Prends conseil auprès d'un vieil habitué, dit Brad en s'avançant pour lui nouer sa cravate. Reste simple. Dis seulement qu'elle est belle et combien tu l'aimes, et que tu irais au bout du monde pour elle. D'ailleurs, c'est ce que tu as fait. Tu ne peux pas aller plus loin qu'en Australie, mon vieux ! Voilà, ta cravate est impeccable. Tu es fin prêt.

— Merci, dit Daniel avant de prendre une profonde inspiration pour se concentrer sur ce qui allait venir.

Un coup d'œil à sa montre lui apprit qu'il était 15 h 47. La cérémonie aurait lieu à 16 heures. Il était temps de s'y rendre.

Auparavant, il vérifia que la poche intérieure de sa veste contenait bien ce qu'il voulait. Oui, c'était là.

— Tu as les alliances ? demanda-t-il à son témoin.

Brad tapota la poche de son costume.

— Oui, bien en sûreté. Fais-moi confiance, Dan. Ce n'est pas la première fois que j'assume cette tâche.

— Ça se voit. Et je ne sais pas ce que je ferais sans toi aujourd'hui.

Brad parut tout heureux du compliment.

— Pour un avocat américain, tu es très sympa. Je n'étais pas loin de croire que c'était tous des salauds.

— Il ne faut pas croire tout ce qu'on voit à la télé, répondit Daniel en riant.

— C'est à Gary que je pensais.

— Oh ! Des Gary, il y en a partout. Et pas seulement aux Etats-Unis ou dans l'univers de la justice. D'ailleurs, je ne suis pas américain malgré mon accent. Je suis né ici à Sydney et j'y ai grandi.

— Ça alors ! Maintenant je comprends pourquoi j'ai tant d'estime pour toi.

Daniel sourit.

— C'est réciproque, mon vieux. Allons-y.

Tous deux quittèrent la chambre.

Daniel avait visité le lieu de la cérémonie avec Vince tôt le matin. C'était la très belle serre du parc du Regency Royale, un décor ancien et romantique à souhait, avec sa structure hexagonale, son immense coupole de verre et son sol dallé, frangé de plantes exotiques. Au fond se dressait une paroi de roc, agrémentée d'une cascade terminée par un bassin d'ornement. C'était là, face à la jolie chute d'eau, que serait célébré le mariage.

— Woaw ! s'exclama Brad en arrivant à l'entrée de la serre.

Daniel aussi fut surpris. Bien sûr, on lui avait dit qu'il y aurait deux rangées de chaises, un tapis rouge, une estrade surmontée d'un élégant pupitre pour l'officiant, ainsi qu'une table recouverte d'une nappe blanche pour la signature des registres. Mais il ne s'attendait ni aux multiples corbeilles de fleurs, ni à la musique romantique, encore moins aux deux majordomes en tenue d'apparat, postés de chaque côté de l'entrée.

Mais c'était surtout l'atmosphère du lieu qui frappait le jeune homme. Une fébrilité joyeuse émanait de la foule des invités, tous élégamment vêtus et dont la plupart avait déjà pris place.

Dès qu'il fit son entrée, toutes les têtes se tournèrent vers lui. Chacun souriait ou lui lançait des regards admiratifs.

Evidemment, il ne connaissait personne, à part la mère de Charlotte. Betty, en tailleur rose, arborait un sourire radieux et agitait une main gantée dans sa direction.

Un bruit sec se produisit soudain et Daniel fit demi-tour. Derrière lui, les deux portiers avaient refermé les portes de verre opaque.

— Tu ne dois pas voir la mariée avant l'heure de la célébration, lui expliqua Brad. C'est la tradition.

— Je vois, répliqua Daniel en regrettant de ne pas avoir avalé un ou deux verres de cognac avant de venir.

Il n'avait pas pensé jusque-là à quel point cette journée serait une épreuve.

— Par ici, mon vieux, souffla Brad en le poussant du coude.

Ils avancèrent sur le tapis rouge jusqu'à l'endroit où Vince les attendait, très digne, l'air plus âgé que ses trente-sept ans dans un costume gris. Daniel lui serra la main en affectant de ne pas le connaître. Brad l'imita, après leur avoir adressé un clin d'œil complice.

Comme ils gagnaient leurs places, la musique changea brusquement et Daniel reconnut les premiers accents de la *Marche nuptiale*.

Charlotte n'était pas en retard. Les portes vitrées s'ouvrirent et un murmure parcourut la foule. Puis toutes les têtes se tournèrent pour apercevoir la mariée.

Daniel retint son souffle.

Mais ce fut la demoiselle d'honneur qui apparut. Lentement, celle-ci remonta le tapis rouge. Louise, supposa Daniel.

Grande et mince, elle était vêtue d'une longue robe bleue, drapée sur le buste, et qui tombait en plis amples à la façon des péplums grecs. Ses cheveux presque aussi rouges que son bouquet étaient lisses et virevoltaient joliment autour de son visage. Ses traits étaient anguleux, mais sa bouche pulpeuse affichait une légère moue. Ses yeux, un peu trop rapprochés, n'en étaient pas moins fascinants. Etait-ce à cause de leur couleur bleue ou de l'audace qu'ils exprimaient ?

Daniel en conclut que cette fille avait un solide tempérament et que Brad n'était pas au bout de ses peines s'il voulait qu'elle consente à l'épouser.

— Woaw ! s'enthousiasma celui-ci à son côté. Quand je te disais qu'elle était sexy.

Comme elle s'approchait, la jeune femme plissa les yeux et toisa froidement Daniel qui ne put s'empêcher d'être mal à l'aise.

— Hum, murmura-t-elle d'une voix voilée et méprisante, je comprends ce que Charlotte voulait dire.

Daniel aurait voulu lui demander de s'expliquer là-dessus, mais ce n'était ni l'heure ni le lieu. Plus tard, peut-être. En attendant, il plaqua sur ses lèvres un sourire froid.

— Bonjour, dit-il seulement.

Louise lui retourna un regard glacial, puis ébaucha un sourire éblouissant à l'adresse de Brad.

— Tu es superbe, mon chou, dit-elle à voix basse avant d'aller prendre la place qui lui était réservée.

Daniel reporta son attention sur la double-porte au travers de laquelle il devinait un nuage de tulle blanc. Charlotte attendait manifestement de faire son entrée.

Il sentit sa gorge s'assécher et déglutit avec peine. Etait-elle aussi nerveuse que lui ? Etait-ce la raison pour laquelle elle mettait si longtemps à apparaître ?

— Qu'est-ce qu'elle fait ? demanda-t-il à la fille aux cheveux rouges.

— Elle enlève sa voilette qui ne va pas avec sa nouvelle coiffure.

Ces mots avaient à peine pénétré l'esprit de Daniel que la

mariée entra enfin dans son champ de vision. Il découvrit alors Charlotte comme jamais il ne l'avait imaginée.

Sa gorge s'assécha davantage. Elle n'était pas seulement belle, elle était divine ! Une princesse de conte de fées dans une robe affolante à damner tout futur époux.

Daniel se sentit en proie à une flambée de désir. La robe de Charlotte se composait d'un bustier qui soutenait ses seins généreux et maintenait sa taille de guêpe. La jupe formait une corolle vaporeuse qui frôlait les chevilles de son père, tandis que celui-ci la menait le long de l'allée centrale.

Mais le plus époustouflant, c'était sa coiffure. D'un brun chatoyant, ses mèches mi-longues et ondulées accrochaient la lumière et prenaient des reflets cuivrés, formant un contraste exquis avec la blancheur éblouissante de sa robe et sa peau couleur miel. Un voile court et très féminin, retenu par un diadème de perles, encadrait son beau visage. Elle ne portait pas de bijou. Du reste, elle n'en avait pas besoin.

Daniel en eut le souffle coupé. Il remarquait à peine les flashes qui crépitaient autour d'eux ou la présence du vidéaste qui filmait la scène. Son regard était rivé sur la mariée, et son cœur se mit à battre à tout rompre. Pour la première fois de sa vie.

9.

Une vague d'émotions confuses envahit Charlotte comme elle s'avançait au bras de son père sur le tapis rouge, les yeux baissés sur le bouquet qu'elle tenait d'une main crispée.

Etait-elle heureuse ou déprimée ? Nerveuse ou terriblement excitée ? Eprouvait-elle des regrets ou du dépit ? C'était tout cela à la fois.

Heureuse que sa coiffure soit si réussie et désolée que son père ait dépensé tant d'argent pour elle. Elle appréhendait cette mascarade de mariage avec Daniel et, en même temps, cette folie la séduisait de façon alarmante.

Depuis le matin, une préoccupation dominait toutes les autres et elle concernait la nuit à venir. Difficile de penser à autre chose. Daniel était-il aussi impatient qu'elle ?

Quand enfin elle osa lever les yeux vers lui, son pas hésita et son cœur chavira. On disait que toutes les mariées étaient belles, mais cela valait aussi pour les hommes.

Si elle l'avait trouvé séduisant en costume et terriblement attirant en jean, aujourd'hui, dans son élégant smoking noir, il était… sexy à hurler !

Le regarder lui donnait de délicieux frissons et la perspective de se tenir auprès de lui l'affolait, au point que sa résolution de ne pas l'emmener avec elle dans la Hunter Valley commença à mollir. Si la nuit prochaine, dans ses bras, elle connaissait l'apothéose, comment pourrait-elle le laisser tomber ensuite ? Oui, mais à prolonger leur aventure, ne risquait-elle pas de rendre la rupture plus douloureuse ? Voulait-elle vraiment passer d'une relation désastreuse à une autre ? Aussi surréaliste que ça lui parût, il n'y avait même pas deux jours que Gary l'avait plaquée !

— Tu vas bien, ma chérie ?

Tournant la tête, Charlotte capta le regard inquiet de son père. Un instant décisif, car brusquement elle se rendit compte qu'elle était fatiguée de combattre ses sentiments pour Daniel. Elle rêvait d'être avec lui. Même s'ils n'avaient que quelques jours à passer ensemble, ceux-ci valaient toujours mieux que toute une vie avec un autre. Le chagrin s'ensuivrait inévitablement. Seulement, ce qu'elle éprouvait pour Daniel était trop puissant pour qu'elle pût y renoncer.

— Oui, je t'assure, répondit-elle en se forçant à sourire.

Son sourire rassura Daniel, jusqu'à ce qu'il rencontrât son regard. Celui-ci était plein d'une infinie tristesse.

Aurait-elle préféré voir Gary à la place qu'il occupait ? Non, certainement pas. Elle n'avait pas aimé ce mufle. Pas plus qu'il ne l'avait aimée.

Alors, se considérait-elle comme la pire des idiotes ? Il espérait que non. Car Charlotte était loin d'être stupide. Elle était adorable, courageuse et aimante ; et son Gary ne la méritait guère. Pas plus que ce Dwayne à qui il aurait bien aimé casser la figure ! Bon sang ! Ces deux crétins n'avaient pas été fichus de la rendre heureuse au lit.

Il lui sourit en se promettant de ne pas la laisser tomber et il eut hâte d'être au soir.

— Tu es si belle ! murmura-t-il quand son père l'eut placée auprès de lui.

Ses beaux yeux bleus se mirent à briller enfin.

— Merci. Toi aussi.

Vince s'éclaircit la voix, rappelant leur attention.

— Nous sommes réunis ici aujourd'hui pour célébrer le mariage de...

Déjà, Daniel n'écoutait plus, concentrant ses pensées sur Charlotte. Elle était plus maquillée aujourd'hui, mais ses magnifiques cheveux bruns et le blanc immaculé de sa robe l'exigeaient. Quant au rouge violent de ses lèvres, il lui donnait l'envie de l'embrasser passionnément.

Quand son regard tomba sur son décolleté généreux, il eut quelque peine à empêcher ses pensées de vagabonder. Comment lui ferait-il l'amour ce soir ?

Il était prêt à tout mettre en œuvre pour qu'elle ne le chasse pas au matin. S'il n'avait pas l'étoffe d'un bon mari, il était un excellent amant.

Il réfléchissait à la stratégie sexuelle qu'il allait adopter quand il entendit Vince demander qui donnait cette jeune femme en mariage.

— C'est moi, répondit avec fierté Peter Gale.

La cérémonie commençait pour de bon.

Il était irrité d'être appelé Gary Cantrell, mais ravalant son orgueil, il répondit « oui » au bon moment. Charlotte tint l'assistance en haleine en marquant une hésitation, avant de prononcer à son tour le « oui » fatidique.

La remise des alliances fut une autre épreuve, car celle de Daniel était trop étroite. Comment ferait-il pour ôter ce fichu anneau plus tard ?

Il poussa un soupir de soulagement quand arriva le moment de les déclarer mari et femme. Le pire était passé. Il ne lui restait plus qu'à embrasser la mariée.

Ils se firent face et Charlotte le contempla avec une expression qu'il jugea flatteuse. Non, elle n'avait certainement pas aimé Gary.

Il n'avait pas plus tôt formulé cette pensée qu'une soudaine panique se peignit sur le visage de la jeune femme. Elle ne voulait pas de son baiser, c'était évident.

D'abord déconcerté, il se raisonna. Charlotte avait peut-être peur qu'il l'embrasse comme la veille, dans le salon de l'hôtel. Quel baiser !

Il décida d'attendre d'être seul avec elle pour laisser libre cours à toute la passion qui couvait en lui. Même s'il ne lui serait pas facile de se contenir quand il aurait ses lèvres sur les siennes.

Doucement, il prit son visage entre ses mains et lui donna un baiser d'une douceur délicieuse. Sans exercer la moindre pression, ni forcer le barrage de ses lèvres.

Mais Dieu qu'il en avait envie ! Au point que le banquet qui allait suivre lui apparaissait comme une épreuve encore plus insurmontable que la cérémonie, car celui-ci durerait probablement des heures.

Durant tout ce temps, il lui faudrait brider son désir. Et ne pas boire d'alcool, car il voulait avoir l'esprit parfaitement clair pour séduire Charlotte.

— J'aime tes cheveux, murmura-t-il contre sa bouche. Et ta robe.

Il aurait pu parler de ses autres appas, tant il était émoustillé. Mais il n'était pas vulgaire.

Charlotte levait vers lui des yeux d'une expression étrange, comme en proie à la fascination.

— Je suis mieux qu'en blonde ? s'enquit-elle en penchant sa jolie tête de côté.

— Beaucoup mieux. Tu étais ravissante en blonde. Brune, tu es tout simplement… splendide. J'ai toujours eu un faible pour les brunes, avoua-t-il en souriant.

Et il avait certainement envie de séduire cette brune-là, songea-t-il. Sur-le-champ !

Elle ébaucha un sourire heureux ; non, *éblouissant*, rectifia-t-il en laissant échapper un gémissement.

Vince mit fin à la conversation en les enjoignant de signer les prétendus registres. Ce qu'ils firent avec Louise et Brad, sous le crépitement des flashes. Au passage, Daniel murmura discrètement un mot de remerciement à l'oreille de son beau-frère, lequel avait hâte de retrouver Beth pour lui raconter ce qui s'était passé.

Beth qui trouvait cette histoire de faux mariage terriblement sentimentale…

— Souriez, s'il vous plaît, ordonna le photographe. Le marié ! Souriez, s'il vous plaît.

Daniel obéit.

10.

— Excuse-moi un instant, Charlotte.

Sur ces mots, Daniel repoussa sa chaise et se leva.

La jeune femme le suivit des yeux et constata qu'il se dirigeait vers la table où se trouvait son père.

La réception durait depuis plus d'une heure et battait son plein. Mais Charlotte touchait à peine à son assiette. Après les compliments que Daniel lui avait adressés, elle avait d'autres désirs que celui de s'alimenter.

Elle gardait les yeux braqués sur lui, quand brusquement il regarda par-dessus son épaule dans sa direction. Embarrassée, elle détourna le regard et s'empara vivement de son verre de chardonnay, son vin préféré.

— Je te l'avais bien dit, murmura Louise à son oreille. Il ne te quitte pas des yeux.

— C'est moi qui n'arrête pas de le fixer. Jamais je… Je n'ai désiré autant un homme. Je l'emmènerai en voyage de noces en fin de compte.

Louise laissa échapper un petit rire entendu.

— Maintenant, tu sais ce que je ressens quand je suis avec Brad. Une envie folle de sexe, rien d'autre.

— Le sexe…, répéta Charlotte. Comment puis-je être sûre qu'il n'y ait que cela ?

— Quoi d'autre, à ce stade ? Seigneur ! Tu ne vas pas t'imaginer que c'est de l'*amour* ? Je dois avouer que, si je n'étais pas avec Brad, je battrais bien des cils pour impressionner Daniel, moi aussi.

— Ai-je bien entendu ? On parle de moi par ici, s'enquit Brad depuis sa place, à deux chaises de distance.

Louise roula des yeux effarés.

— Oui, je disais que tu étais craquant en smoking.

— Je pensais la même chose de toi, ma Lou. Tu es adorable. Tiens, voilà Dan qui revient. Prêt pour ton discours, mon vieux ? C'est bientôt le moment.

— Aussi prêt qu'on puisse l'être, répondit Daniel en se rasseyant. Charlotte, ton père m'a dit qu'il s'exprimerait en premier.

— De quoi lui parlais-tu ? demanda-t-elle tout en repassant dans son esprit les affirmations de Louise.

— Ne t'inquiète pas de ça.

A cet instant, l'animateur annonça que le père de la mariée allait parler et Charlotte fut réduite au silence. Mais ses pensées continuaient à bouillonner. Louise avait probablement raison au sujet du sexe. Son amie savait de quoi elle parlait, tandis qu'elle-même n'était qu'une novice.

Elle n'en redoutait pas moins ces quelques jours à passer en compagnie de Daniel. Ses sentiments pour lui risquaient de devenir plus profonds. Pour autant, elle ne s'imaginait pas résister à la tentation. A moins que la nuit à venir ne s'avère un véritable désastre…

Elle revint à la réalité comme son père tapotait le micro. Mon Dieu ! Les discours…

— Tout le monde sait que ce n'est pas mon fort de parler en public, commença Peter Gale. Je ne me sens jamais mieux que les fesses collées à mon tracteur sans avoir à dire un mot.

Il y eut des rires. Charlotte, pour sa part, avait conscience de la proximité de Daniel et se sentait les nerfs à vif.

— Mais je suis aussi un père de famille qui ferait tout pour son enfant. C'est pourquoi me voici dans cet hôtel de luxe, à manger de la grande cuisine. Et je dois vous dire que je n'ai jamais été aussi heureux de ma vie.

Charlotte sursauta, car Daniel venait de lui prendre la main et la pressait dans la sienne.

— Essaie de paraître un peu plus heureuse, murmura-t-il. Tu es censée être follement amoureuse de moi.

Sans trop savoir comment, elle réussit à sourire.

— C'est mieux, approuva-t-il. Ça ne devrait plus être long maintenant. Courage !

— Nous savons que Charlotte n'a pas suivi la voie habituelle d'une fille de fermier, poursuivit son père. Et bien des fois, je me suis demandé si je la verrais jamais comme aujourd'hui, en mariée. Pour cela, je dois remercier Gary. Il ne m'a fallu que quelques secondes pour comprendre pourquoi ma fille aimait follement ce garçon qu'elle connaissait à peine. Avez-vous jamais vu plus bel homme que lui ? Ou plus tendre amoureux ?

L'assistance applaudit en poussant des cris de joie. Charlotte avait envie de pleurer.

— On dit qu'on juge un homme sur ses actes plus que sur ses paroles, continua son intarissable père. Même si Gary m'a demandé de garder le secret, je veux vous dire à tous que mon nouveau gendre vient de m'informer qu'il réglait lui-même la note du mariage.

Nouveaux applaudissements et cris enthousiastes. Charlotte cependant demeura sans voix.

— Oh oh, fit Daniel à voix basse. Tu n'as pas l'air contente. Je croyais que tu serais heureuse que ton père n'ait pas à délier sa bourse.

— Mais ce n'était pas à toi de le rembourser ! Je l'aurais fait, et jusqu'au dernier cent, après l'avoir mis au courant de notre séparation.

— Hé ! Taisez-vous, vous deux, intervint Brad.

Ils obéirent et Charlotte dut ruminer en silence. S'il avait été réellement son mari, elle aurait trouvé son geste extrêmement généreux. Dans la situation présente, elle le soupçonnait de vouloir l'acheter.

Cette pensée à la fois la rendit furieuse et la flatta. Les avances de Daniel étaient celles d'un mercenaire. Il ne reculait devant rien pour la conquérir. Quelle femme ne serait électrisée par un tel homme ?

Cependant, elle devait garder à l'esprit que son intérêt était purement sexuel. Des play-boys fortunés comme Daniel n'attendaient pas autre chose des femmes, même s'ils prétendaient apprécier chez elles certaines qualités. En plus, le défi de la chasse les excitait. Une fois qu'elle aurait capitulé, la passion de Daniel s'émousserait rapidement, songea-t-elle. Sa sœur Beth ne l'avait-elle pas avertie que les femmes passaient dans sa vie ?

Bizarrement, plus elle tentait d'exalter sa colère contre lui, plus elle se sentait émoustillée. Bah, Louise avait raison, ce n'était que désir et rien d'autre.

Son père parla encore, avant de leur souhaiter tout le bonheur du monde, en portant le traditionnel toast.

Charlotte plaqua un autre sourire de commande sur ses lèvres. Vivement la fin de cette maudite réception ! Elle avait hâte de se retrouver seule avec Daniel et d'être embrassée avec passion. Oui, comme la veille, dans le salon de l'hôtel…

C'était au tour de Brad de parler. Charlotte ferma brièvement les yeux. Avec lui, il fallait s'attendre à tout.

— Mon rôle est un peu délicat aujourd'hui, commença-t-il. Car j'ai rencontré le marié il y a deux heures seulement. Dans les précédents mariages où j'étais témoin, il m'était facile de raconter quelque blague un peu salée sur le héros du jour. Je ne peux pas faire de même avec Gary. Et je pense de toute façon qu'on ne trouverait pas la moindre mesquinerie dans son passé. Peter vient de dire qu'il a tout de suite su quel homme sa fille allait épouser. Je partage cet avis. Ce type-là, dit-il en posant une main sur l'épaule de Daniel, est extra et fera un mari fantastique pour notre merveilleuse Charlotte. A propos, elle est merveilleuse, n'est-ce pas ?

Il y eut des applaudissements et des sifflets admiratifs. Quelle torture ! songea Charlotte.

— Mais mon rôle n'est pas de me répandre en compliments sur la mariée. C'est celui de Gary. Moi, je dois rendre hommage à la demoiselle d'honneur. Et la tâche m'est d'autant plus agréable que nous sommes très proches, ajouta-t-il en adressant un clin d'œil complice à Louise. Je n'ai jamais vu plus belle demoiselle d'honneur. Et cette robe… Woaw, ma chérie. Tu devrais porter du bleu plus souvent. Mais j'aimerais surtout te voir en blanc.

Un tonnerre d'applaudissements s'ensuivit et Louise se mit à rougir violemment. Une première ! songea Charlotte.

Puis Brad proposa de porter un second toast.

Tout en savourant avec soulagement une autre gorgée de champagne, Charlotte nota que Daniel touchait à peine à sa coupe. Quand il se leva, elle s'intima de garder les yeux fixés sur le fond de la salle.

— Contrairement à Brad, je n'ai assisté à aucun mariage, commença-t-il. Aussi vous me pardonnerez si mon discours ne suit pas exactement la règle. D'abord, je tiens à remercier mon témoin qui a été formidable, et la jolie Louise pour toute l'aide et l'amitié qu'elle a apportées à Charlotte. Je veux aussi rendre hommage à la famille Gale pour le chaleureux accueil qu'ils m'ont réservé. Je dois dire que Charlotte a beaucoup de chance d'avoir des parents aussi exceptionnels.

La jeune femme résista à la tentation de lever les yeux au ciel. Bon sang ! Avait-il besoin d'en faire tant ? De toute évidence, il se délectait d'être l'homme de la situation. Tous les convives lui souriaient et semblaient le prendre pour le bon Dieu, parce qu'il arrachait leur pauvre Charlotte au célibat. S'ils savaient !

A cet instant, elle commit la maladresse de regarder dans sa direction. Daniel lui sourit en retour, et elle se sentit fondre, désarmée, pour ne pas dire désespérée.

— Que puis-je dire au sujet de Charlotte ? dit-il tout en la caressant des yeux. Elle est très belle, il n'y a aucun doute là-dessus, et possède une belle âme. Tout homme serait heureux de l'avoir pour épouse. Pour ma part, je me sens privilégié. Ma vie n'est plus la même depuis que nous nous sommes rencontrés. En fait, Brad a tort de dire qu'il n'y a pas d'histoires salaces à raconter sur mon compte. Il y en a quelques-unes. Mais elles datent un peu, car j'ai changé. Charlotte a fait de moi un autre homme.

Daniel baissa enfin les yeux et Charlotte exhala une longue et nécessaire bouffée d'air.

Louise se pencha vers elle et lui chuchota à l'oreille :

— J'en arriverais presque à le croire.

Charlotte aurait voulu le croire, elle aussi. Mais elle devait garder à l'esprit que Daniel jouait seulement la comédie. C'était même un excellent acteur. Il devait être impressionnant dans un tribunal.

Au lit aussi, lui souffla une petite voix insidieuse.

— Et comme la tradition veut que l'on porte un toast à la mariée, levons tous nos verres. A ma merveilleuse Charlotte…

De nouveau, Charlotte sentit son regard caressant peser sur elle.

Il fut étonné par la lueur sarcastique qui brillait dans ses prunelles d'un bleu saphir. Que diable se passait-il dans la tête de cette fille ? Pourquoi lui en voulait-elle ? Il essayait d'être le type bon et généreux que Brad avait décrit.

D'accord, elle n'avait pas aimé qu'il règle la note du mariage. Par fierté. Dommage, car il avait donné cet argent aux Gale de bon cœur. Si Charlotte refusait de voir les choses sous cet angle, c'était son problème. Franchement, elle commençait à l'irriter avec ses grands airs.

Au moment où il se rasseyait, Brad lui donna une bourrade.

— Tu dois aller découper le gâteau, mon vieux.

Daniel soupira. Cela ne finirait donc jamais !

Déjà, Charlotte se levait. Il lui offrit son bras et ensemble ils s'approchèrent de la desserte qui supportait la pièce montée. Nouveaux sourires, nouvelles photos.

— Et maintenant, cria l'animateur, les mariés vont ouvrir le bal !

Daniel avait entendu parler de cette première valse que tous les mariés devaient exécuter seuls sur la piste. Il trouvait cela d'un sentimentalisme exagéré. A présent, l'expérience lui apparaissait risquée. Il aurait à enlacer Charlotte et Dieu seul savait ce qui se passerait.

Il hésita, laissant la musique jouer.

— Tu sais danser, j'imagine ? lui demanda-t-elle, toujours avec cette lueur ironique au fond des yeux.

Exact. Et sans perdre de temps, il la prit dans ses bras et l'entraîna vers la piste en la faisant tournoyer avec élégance.

Ses craintes cependant étaient justifiées. Il n'eut pas plus tôt posé une main au creux de son dos, l'autre autour de ses doigts brûlants, qu'il perçut les tiraillements éloquents de sa chair.

Profitant de la robe ample et garnie de multiples jupons de Charlotte, il se mit à savourer son excitation.

— Tu as l'air très content de toi, fit-elle remarquer.

— Je le serai davantage quand cette réception sera terminée, répondit-il en la pressant plus étroitement contre lui.

Il n'en fallut pas plus pour la convaincre. Charlotte se troubla et ne trouva rien à répondre.

— As-tu remis ton sac au portier comme prévu ? s'enquit-il, l'esprit maintenant accaparé par le déroulement de la nuit.

— Oui, répondit-elle, un peu haletante. Quelle… quelle suite as-tu réservée en fin de compte ?

— Celle des Mille et Une Nuits.

Daniel l'entendit suffoquer et sourit d'un air triomphant.

11.

Charlotte déglutit avec peine. La suite des Mille et Une Nuits ! Oh… Mon Dieu !

Sans trop savoir comment, elle s'acquitta de la valse et supporta le reste de la fête.

A Louise qui ne cessait de lui demander si elle allait bien, elle répondait invariablement oui, bien qu'elle fût loin d'être détendue. Elle s'imaginait déjà dans cette suite nuptiale, au décor décadent, avec son plafond en miroir au-dessus du lit.

Elle les avait toutes visitées quand elle était venue réserver. Non seulement c'était la plus chère, mais c'était aussi la plus exotique et… la plus érotique.

Aussi avait-elle les nerfs tendus à se rompre quand sa mère la serra dans ses bras pour lui faire ses adieux, en essuyant discrètement une larme.

— Prenez soin d'elle pour nous, Gary, dit Peter Gale en serrant la main de Daniel, avant de se tourner vers sa fille. Et prends bien soin de ton mari.

— Je le ferai, souffla Charlotte d'une voix étouffée.

— Et maintenant, passez une merveilleuse lune de miel. Ne t'inquiète pas pour les cadeaux. Louise et Brad se chargent de les emporter chez toi. Ta mère et moi, nous vous disons au revoir. Donnez-nous un coup de fil à votre retour.

Daniel répondit qu'ils n'y manqueraient pas. Puis sous les

applaudissements et les cris joyeux des convives, ils gagnèrent l'ascenseur en courant.

Comme la cabine les propulsait jusqu'au dixième étage, Charlotte prit soudain conscience qu'elle avait bu trop de vin, alors qu'elle n'avait presque rien mangé.

— Ça va ? s'enquit Daniel en la voyant cramponnée à la rambarde de cuivre.

— Je pense que j'ai trop bu.

— J'ai remarqué que tu ne mangeais pas beaucoup. Tu te sens malade ?

Il avait l'air réellement inquiet, nota-t-elle.

— Ça va passer. L'ascenseur m'étourdit un peu.

— Prends mon bras.

Charlotte obéit en ébauchant un sourire.

— Ta façon de prendre soin de moi ?

Daniel sourit en retour.

— Tout à fait. Tu t'occuperas de moi plus tard.

A ces mots, une vague de panique envahit Charlotte. Sans doute attendait-il d'elle qu'elle soit à la hauteur sexuellement parlant, expérimentée et sûre d'elle.

— Daniel, je… Il y a quelque chose que je dois te dire.

Mon Dieu ! Elle devait l'avertir. Lui expliquer qu'elle n'était pas la vamp sexy qu'il s'imaginait.

— Il n'y a rien à dire, mon ange, dit-il doucement en l'attirant dans ses bras. La nuit qui vient est sous mon entière responsabilité. Je te demande seulement de te laisser aller et de prendre du plaisir.

Ces mots apportèrent à la jeune femme une bouffée de soulagement. Ils lui laissaient une chance d'être la femme libérée qu'elle était dans ses fantasmes. Un frisson de volupté la parcourut à cette pensée.

— Mais je ne vais pas t'embrasser maintenant, ajouta-t-il

92

comme s'il devinait ses attentes. Attendons d'être dans la chambre pour cela.

— C'est une bonne idée, balbutia-t-elle. As-tu visité la suite ?

— Non, pourquoi ? J'aurais dû ? Quelque chose ne va pas ?

— Pas du tout.

Il aurait juste une énorme surprise, se dit-elle. Elle espérait qu'il trouverait cette chambre à son goût. Elle l'avait aimée, elle, en tout cas, une fois le premier choc passé.

Daniel capta la lueur malicieuse qui dansait dans ses yeux et se demanda ce qui l'attendait. Il savait toutefois qu'il approuverait. Ce qui faisait plaisir à Charlotte ne pouvait que lui plaire.

La suite des Mille et Une Nuits était la première du corridor ; le nom était écrit en lettres d'or sur la porte. Daniel sortit la carte magnétique de la poche de sa veste, l'introduisit et tourna la poignée de cuivre. L'intérieur était plongé dans l'obscurité.

Il glissa la carte dans un boîtier, prévu à cet effet, et la lumière se fit automatiquement.

— Bonté divine ! s'exclama-t-il.

— Tu trouves ça excessif ? demanda Charlotte, un peu déçue par sa réaction.

— Non. C'est… fabuleux ! dit-il avec conviction en se tournant vers elle.

Il nota son visage heureux. Charlotte n'avait pas eu cet air réjoui de toute la soirée.

— Viens voir le reste, lança-t-elle avec enthousiasme en l'entraînant à travers le hall dallé de marbre noir, puis sous une arche de style marocain richement décorée.

Leurs pas s'enfoncèrent dans un épais tapis de velours rouge.

— Hum, c'est moelleux à souhait, commenta-t-il. Décidément fait pour faire l'amour. Et que dire des sofas ?

Il y en avait trois, profonds et colorés, légèrement incurvés et disposés en cercle autour d'une table laquée noire qui supportait un plateau de fruits et un seau où rafraîchissait un magnum de champagne.

Au fond du salon, éclairé par des lampes et des appliques exotiques, des tentures couleur mers du Sud encadraient une immense baie vitrée qui donnait sur les toits et les lumières de la ville.

— Regarde le plafond, lui suggéra Charlotte.

Daniel leva les yeux le long des murs d'un bleu profond, jusqu'au plafond drapé de soie noire pailletée d'or. Il comprenait maintenant pourquoi cette suite avait coûté si cher !

— Digne d'un cheikh, fit-il remarquer.

— C'est l'effet voulu. Ce décor est censé transporter les clients dans l'Orient de leurs fantasmes.

— Et tu fantasmes sur les cheikhs ? demanda-t-il en l'enlaçant.

— Seulement si c'est toi le cheikh.

Il parut approuver cette réponse.

— Parle-moi de tes rêves érotiques, murmura-t-il en lui retirant avec précaution son diadème et son voile. Comment se déroulent-ils ?

Charlotte frissonna au contact de ses doigts dans ses cheveux.

— Tu fais de moi ce que tu veux pendant toute la nuit, avoua-t-elle, haletante. Et j'adore chaque seconde.

— Cela va devenir réalité, Charlotte.

Il jeta les accessoires sur le canapé le plus proche, avant de hausser un sourcil interrogateur.

— *Toute* la nuit ?

— Je t'avais bien dit que c'était un fantasme.

— Non, non. Je suis sûr que je peux relever le défi. Mais je n'ai que quelques préservatifs sur moi. Il faudra que je sois inventif quand je vais en manquer. Ça ne te dérange pas, j'espère ?

— Je crois que rien ne me dérangera avec toi, répondit Charlotte avec sincérité, tandis que son cœur battait la chamade.

De toute évidence, elle ne voulait pas d'un amant doux, prévenant et sans originalité, se dit Daniel. Elle entendait lui faire jouer le rôle d'un prince du désert, sombre et dangereux, décidé à l'enlever de force.

Soit. Il s'en sentait capable, surtout dans ce décor stupéfiant.

— Viens, commanda-t-il d'une voix impérieuse. Allons dans la chambre.

— Attends de la voir !

Sur le seuil, Daniel retint une exclamation.

— Je suis sûre que les jeunes mariés apprécient, déclara Charlotte avec un petit rire nerveux.

Et pas seulement les jeunes mariés, pensa-t-il en contemplant le lit à baldaquin noir, avec ses voilages blancs vaporeux, puis le plafond en miroir. Leurs pieds foulaient un tapis moelleux, vert émeraude cette fois. Le reste de la chambre était une symphonie en noir, or et argent.

— La baignoire est aussi ornée de dorures, l'informa Charlotte. Pour aller avec le marbre noir.

— Il paraît qu'il y a un jacuzzi.

— Oui, immense, convint-elle en s'empourprant légèrement.

Cette rougeur n'échappa pas à Daniel. Ce n'était certainement pas de la timidité, nota-t-il. Aucune femme portant une robe de mariée aussi provocante ne pouvait être pudique. Aussi décida-t-il de ne pas attendre.

— Je pense qu'il est temps d'essayer cette salle de bains, suggéra-t-il en la prenant dans ses bras. Mais d'abord, il s'agit de te débarrasser de cette robe.

12.

Charlotte retint son souffle quand les doigts de Daniel entreprirent de desserrer les lacets qui fermaient son bustier. Louise les avait lacés très serrés afin de rendre sa taille la plus fine possible. La compression rehaussait aussi ses seins, lui donnant une silhouette voluptueuse.

Elle ne portait pas de soutien-gorge. Du reste, elle n'en avait pas eu besoin, le bustier de sa robe étant solidement corseté. Quand Daniel aurait défait les lacets, le haut tomberait, la laissant nue jusqu'à la taille.

Cette pensée la troubla violemment. Jamais elle n'avait été aussi impatiente d'être nue, de sentir les mains d'un homme sur elle.

— Ah ! Ça vient, dit Daniel comme le vêtement devenait lâche. Le haut n'est pas solidaire de la jupe.

Une vague de chaleur envahit la jeune femme quand elle sentit ses seins libérés du carcan moulant. Lorsque Daniel acheva d'ôter le bustier, elle vacilla.

— Hé ! s'exclama-t-il doucement en glissant ses bras sous son buste. Ne va pas t'évanouir.

Pour toute réponse, Charlotte émit un gémissement et ferma les yeux en s'abandonnant contre lui.

Quand les mains de Daniel remontèrent vers l'arrondi de ses seins, elle faillit crier et ses mamelons durcirent contre ses paumes tièdes. Comme s'il savait ce qu'ils désiraient, il entreprit de caresser leurs pointes dressées, avec des mouvements circulaires et lents.

Charlotte suffoqua. Mon Dieu ! Les sensations qu'il suscitait en elle étaient violentes, presque douloureuses.

Alors qu'elle pensait ne pas pouvoir en supporter davantage, il stoppa net. Non sans perversité. Charlotte ouvrit la bouche pour protester, mais avant qu'elle ait eu le temps de prononcer un mot, il la fit tourner sur elle-même et couvrit sa bouche de la sienne.

Ses lèvres étaient dures et affamées, et les mains posées sur son dos tout aussi exigeantes. Il la plaqua contre lui, lui entrouvrit les lèvres et entreprit d'explorer profondément sa bouche. Charlotte pensait qu'il l'avait embrassée avec passion dans le hall de l'hôtel. Mais, plus qu'un baiser, ceci était... un ravissement total des sens.

Brusquement, il mit fin à leur étreinte, la laissant en proie à un réel désarroi. Ouvrant les yeux, elle le vit qui reculait d'un pas en se passant une main tremblante dans les cheveux. Son visage était empourpré et sa respiration saccadée.

— Qu'y a-t-il ? demanda-t-elle.

Il la fixa, avant de secouer la tête.

— J'allais beaucoup trop vite.

— Mais j'aimais ça !

— Au début, oui, mais ce sera bien meilleur si nous prenons notre temps.

— Comment le sais-tu ?

— Les cheikhs savent ces choses-là, dit-il en lui offrant un de ces sourires qu'elle trouvait dévastateurs. Je suggère que tu ailles te débarrasser de ta robe toute seule. Prends une douche et mets quelque chose de confortable. Nos sacs doivent se trouver dans la pièce derrière la salle de bains. C'est du moins ce qu'on m'a dit.

Charlotte n'entendait pas suivre ce programme. Elle désirait rester avec lui et se laisser embrasser. Puis, quand il aurait fini d'exciter son corps, elle voulait qu'il la prenne sans trop de préliminaires. Elle se sentait fondre, elle avait envie de lui…

Mais elle ne le supplierait pas.

— Je ne serai pas longue, annonça-t-elle en courant vers la salle de bains dont elle referma la porte derrière elle.

La vue de son reflet dans le grand miroir fut un choc. Elle avait l'air d'une débauchée, plantée là, à demi nue. Se détournant, elle entra dans la pièce adjacente, un dressing, où elle ôta ses derniers vêtements. Puis elle alla prendre un bonnet de bain sur le meuble et, ce faisant, s'examina une fois de plus dans le miroir.

Louise lui répétait qu'elle avait un corps de rêve. Certes, elle se trouvait pas mal, mais de là à se prendre pour une sirène… Ses hanches étaient un peu larges. Sinon, elle était bien proportionnée.

Il n'empêche qu'elle éprouvait des difficultés à être nue, surtout devant un homme. Le plus souvent, elle se déshabillait et s'engouffrait sous les draps en un éclair.

Ces inhibitions avaient largement contribué à l'échec de ses relations avec Dwayne, elle le savait. Mais étrangement, elle ne ressentait pas du tout cette gêne avec Daniel. Elle voulait qu'il la voie nue, qu'il lui fasse l'amour, qu'il se montre exigeant et inventif.

Elle leva les mains et doucement tâta les pointes de ses seins. Un délicieux frisson la parcourut. Cette réaction l'ébranla. Seigneur ! Daniel n'était même pas là et elle s'enflammait de plaisir.

Louise avait raison. Ce qui lui arrivait était purement sexuel. Rien à voir avec l'amour.

Cette révélation la soulagea, car elle ne tenait pas à aimer Daniel. Elle voulait juste faire l'amour avec lui.

La porte de la salle de bains s'ouvrit soudain et la fit pivoter vivement. Elle se retrouva face à un Daniel totalement nu.

— Je n'entendais pas le bruit de la douche, déclara-t-il en entrant, nullement gêné par sa propre nudité.

Charlotte, en revanche, en était terriblement consciente. Elle sentit sa gorge s'assécher.

— Si nous la prenions ensemble ? proposa-t-il en l'emportant dans ses bras d'un mouvement souple.

Elle ne fit pas d'objections. Comment l'aurait-elle pu ? Elle éprouvait déjà suffisamment de difficultés à respirer.

Tout en la tenant contre lui, Daniel ouvrit d'une main les robinets de la cabine et ajusta la température. Puis délicatement, il déposa Charlotte sous le jet.

— Mes cheveux ! protesta-t-elle au contact de l'eau.

— Ne t'inquiète pas pour tes cheveux, commanda-t-il en l'enlaçant plus doucement cette fois.

Il y avait cependant en lui une énergie passionnée que Charlotte trouvait incroyablement excitante. Et elle se plut à penser qu'il était moins assuré, qu'elle l'avait ému.

Elle sentait la vigueur de son désir contre son ventre, et cela suscitait dans son esprit des images folles.

— Fais-moi l'amour...

Il la regarda d'un œil aigu.

— Ici ?

— Oui.

— Bon sang ! Charlotte... Arrête.

— De faire quoi ?

— Tu ne cesses de me faire perdre le fil. C'est moi le cheikh. Et tu es l'épouse captive. Tu fais ce que je te dis.

— J'y suis obligée ? Je veux dire... Je ne veux pas attendre.

— Tu ne l'as peut-être pas remarqué, mais je ne porte pas

de préservatif. Ils se trouvent dans la chambre. Attends encore quelques minutes.

Non, elle n'en pouvait plus !

— A moins que tu n'aies d'autres raisons de te protéger, lança-t-elle, haletante, je… je prends la pilule.

— La pilule, répéta-t-il, tandis qu'un long frisson lui parcourait le dos. Tu n'aurais pas dû me le dire, Charlotte.

— Pourquoi ?

— Parce que les hommes sont égoïstes et stupides. Ils feraient tout pour éviter de porter un préservatif. J'en mets seulement pour ne pas risquer de mettre ma partenaire enceinte. Mais tu n'as que ma parole pour ça.

— Elle me suffit. Je sais que tu ne me mentirais pas sur un sujet aussi grave.

— Mon Dieu ! Quelle femme tu es ! dit-il en secouant la tête. Ce sera une expérience nouvelle pour moi.

— Nouvelle ?

— Oui, d'être avec une fille comme toi.

— Je ne comprends pas. Qu'ai-je de si différent ?

— Tout. Maintenant, tais-toi et laisse-moi t'embrasser.

Charlotte obéit et lui offrit ses lèvres jusqu'à ce qu'elle se trémoussât de volupté contre lui. De nouveau, il s'arracha à elle, et une lueur d'avertissement passa dans ses yeux fiévreux.

— Assez pour le moment, lâcha-t-il avant de la faire pivoter pour qu'elle lui tourne le dos. Noue tes bras autour de ma taille.

C'était une position incroyablement excitante que découvrit la jeune femme. Son buste et ses seins étaient livrés aux mains expertes de Daniel, tandis que les siennes étaient maintenues en arrière, derrière son dos large, comme si elle était réellement une épouse captive. Elle percevait les battements sourds de son cœur d'homme et son torse qui se soulevait rapidement.

Son propre cœur s'accéléra quand il versa du gel douche sur ses seins humides, et qu'il entreprit de les masser. La mousse onctueuse rendait les caresses plus sensuelles, sa peau plus sensible. De petits gémissements de plaisir s'échappaient de ses lèvres.

Quand les doigts de Daniel glissèrent plus bas, Charlotte se raidit, en proie au vertige. Lentement, il contourna son nombril. Elle se mit à trembler et sa respiration se bloqua dans sa gorge, tandis qu'elle anticipait ses gestes. Quand la main de Daniel accéda au plus intime de son être, elle sentit tous ses muscles vibrer d'impatience.

Lentement, les doigts audacieux glissèrent dans les replis soyeux de sa féminité, puis se retirèrent, avant de repartir à l'assaut. Encore et encore…

Sa respiration n'était plus qu'un halètement saccadé. Charlotte se rendait compte que quelque chose se produisait en elle. A chacun de ses mouvements, Daniel effleurait des zones hautement sensibles, et un plaisir aveuglant s'emparait d'elle, en même temps qu'une frustration qui allait crescendo, comme si quelque chose de vital restait hors de sa portée. Elle s'arc-bouta et ouvrit la bouche. Dans une envie de crier ou de sangloter, elle ne savait.

— Oh ! s'écria-t-elle quand un premier spasme la submergea. Oh…

Charlotte avait essayé maintes fois d'imaginer l'orgasme. Mais aucune représentation ne correspondait à la réalité de l'expérience. Comment pouvait-on décrire de telles sensations ? Les mots n'étaient pas assez forts.

— C'est bon ? murmura-t-il à son oreille quand ce fut fini.

— Mmm…

C'était tout ce qu'elle était capable de répondre. Une immense faiblesse la traversait et ses bras alanguis retombèrent mollement le long de son corps.

— Trop fatiguée pour continuer ?

— Pas du tout, protesta-t-elle dans un sursaut d'énergie.

Il n'était pas question de gaspiller un seul moment de cette nuit folle.

— Alors, il est temps que nous allions nous étendre sur le lit.

Charlotte pivota pour lui faire face.

— Non, pas maintenant.

Elle n'avait jamais été brillante dans un lit. Et même si celui de la suite était tentant et incroyablement érotique, elle préférait de loin rester dans cette cabine de douche. C'était autrement plus excitant.

— Le sexe sous la douche n'est pas forcément une bonne idée, Charlotte, répondit Daniel. A moins que...

Ses yeux sombres se mirent à briller d'excitation. Une seconde seulement.

— Non, non, je ne crois pas, se reprit-il.

— Mais c'est ce que je veux ! insista-t-elle en posant les mains sur son torse. Dis-moi ce que je dois faire. *Montre*-moi.

Lui montrer ? Daniel gémit. Ne savait-elle pas qu'il avait presque atteint le point de non-retour déjà ?

Son ego était flatté de l'avoir fait jouir, mais exigeait davantage. Il voulait emmener sa partenaire à l'extase pendant qu'il lui ferait l'amour. Au stade où ils en étaient cependant, il était peu probable qu'il y parvienne. Il conclurait trop vite, abandonnant Charlotte à l'insatisfaction.

Mais il était tenté. Cruellement tenté de la faire sienne immédiatement.

— Il est trop tôt, dit-il dans un ultime effort de volonté. Pour toi.

— Mais pas pour toi, répondit-elle en baissant les yeux sur sa virilité tendue.

L'instant d'après, Daniel faillit bondir hors de la cabine. Charlotte enroulait ses deux mains autour de sa chair.

— Non, arrête !

Peine perdue. Déjà ses mains douces glissaient le long de son membre dressé. Quand du pouce elle en taquina la pointe veloutée, il laissa échapper un gémissement sauvage.

— C'est bon ? murmura-t-elle en écho à la question qu'il lui avait posée un peu plus tôt.

— Oui…, lâcha-t-il.

Ses traits se crispèrent quand il sentit qu'à son tour elle l'inondait de gel douche. Le plaisir devenait infernal… Et les mains de Charlotte allaient et venaient… Encore et encore…

— Charlotte…, souffla-t-il d'une voix étranglée.

Elle plongea ses yeux au fond des siens. Des yeux immenses et bleus, brillant d'excitation sexuelle. Elle prenait donc un réel plaisir à ce qu'elle faisait ?

Cette constatation ébranla Daniel au point qu'il faillit perdre le peu de contrôle qu'il avait sur lui-même.

Dans un effort suprême, il tenta de se contenir encore. C'était lui le maître, et elle l'élève. Seulement il était évident qu'elle n'était pas aussi inexpérimentée que Brad l'avait dit. Elle s'était déjà adonnée à ce jeu, il en aurait mis sa main au feu.

— Daniel, articula-t-elle avec une lueur de ravissement au fond des yeux quand il se mit à trembler. Oui…

13.

— Comment préfères-tu ton café ? demanda Charlotte en lançant un regard en direction de Daniel, qui était étalé sur l'un des canapés et mangeait une grappe de raisins, le torse nu, une serviette jetée autour de ses reins.

Charlotte avait enfilé un peignoir de l'hôtel. Elle avait repéré son sac dans le dressing un peu plus tôt, mais n'avait pas encore pris la peine de l'ouvrir.

— Noir. Un seul sucre, s'il te plaît, répondit-il.

— Si seulement j'avais un bandeau, se plaignit-elle tout en remplissant les tasses. Mes cheveux n'arrêtent pas de me tomber sur les yeux.

— Qu'est-ce que tu racontes ? Ils sont magnifiques comme ça. Très sexy. Comme toi.

Charlotte s'empourpra.

— Tu penses honnêtement que je suis sexy ?

— Tu doutes de moi ?

— C'est juste que je suis différente avec toi, avoua-t-elle en plaçant les tasses sur la table basse. Je n'ai pas l'habitude de faire ce que j'ai fait tout à l'heure sous la douche.

De fait, elle avait été terriblement hardie. Le désir l'avait transformée. La jeune femme habituellement réservée qu'elle était était devenue une vamp.

— Tu me surprends constamment, Charlotte, dit-il en la contemplant par-dessus sa tasse.

Seigneur ! Il avait des yeux incroyables, nota-t-elle. Son corps n'était pas mal non plus. Ni trop ferme, ni trop mou. « Comme le petit lit de bébé ours », récita-t-elle mentalement.

Elle sourit à cette comparaison saugrenue. Car il n'y avait certainement rien d'enfantin chez Daniel.

— Qu'est-ce qui t'amuse ? s'enquit-il.

— Oh, rien.

— Ne fais pas tant de mystères avec moi. J'aime ton naturel sincère et ouvert.

— Je pensais au corps splendide que tu as, dit-elle avec une simplicité désarmante.

Il parut sincèrement surpris par le compliment.

— Je ne suis pas trop complexé de ce côté-là, mais s'il y a une personne dotée d'un corps splendide dans cette pièce, c'est toi.

— Flatteur, va ! lança-t-elle en s'empourprant.

— Arrête de jouer les saintes-nitouches. Tu dois savoir que tu es belle.

— Mon postérieur est trop fort, protesta-t-elle.

Daniel se mit à rire.

— Je ne crois pas qu'il y ait beaucoup d'hommes qui oseraient s'en plaindre. Personnellement, je le trouve adorable. Tes seins sont exquis et tes jambes fabuleuses. C'est du moins ce dont je me souviens, ajouta-t-il avec un sourire diabolique. Pourquoi n'enlèves-tu pas ce peignoir, histoire de m'assurer que je ne me suis pas trompé ?

Charlotte se figea, la tasse aux lèvres.

— Ici ? s'étrangla-t-elle.

La lumière était certes tamisée, mais les rideaux étaient ouverts. Pouvait-on les voir depuis les autres immeubles ?

— Peut-être… quand… quand j'aurai fini mon café, bégaya-t-elle.

— Ce serait mieux maintenant. Pour que je puisse te regarder tout en buvant le mien.

Charlotte reposa sa tasse d'une main tremblante. Oserait-elle ? Etait-elle devenue à ce point audacieuse ?

Un second regard aux vitres teintées acheva de la rassurer. Non, personne ne les verrait de l'extérieur.

La ceinture de son peignoir était assez lâche. Elle la dénoua sans effort, libérant les pans qui s'entrouvrirent.

Daniel la fixait d'un œil aigu sans toutefois cesser de boire son café. Se calant confortablement dans le sofa, il prit une pose décontractée.

Charlotte était loin de l'être. C'était ce qu'on devait ressentir, se dit-elle, avant de sauter d'un plongeoir à dix mètres de hauteur !

Prenant une profonde inspiration, elle fit glisser le vêtement de ses épaules. Quand celui-ci tomba mollement à ses pieds, elle se sentit plus nue que nue. Ce n'était pas seulement son corps, mais son âme qu'elle offrait ainsi à la vue de cet homme. Il la poussait à des actes et à des sentiments inédits pour elle.

Il posa sa tasse et, lentement, très lentement l'examina d'un regard trouble.

— Tu es si belle…

Ce furent les seuls mots qu'il prononça, mais ils eurent le pouvoir de bouleverser la jeune femme. Et elle sut à partir de cet instant qu'elle ne lui refuserait rien.

— Si tu t'asseyais pour finir ton café ?

Sa suggestion — émise sur un ton totalement détaché — lui confirma ce qu'elle soupçonnait déjà. Daniel était beaucoup plus sophistiqué que les hommes qu'elle avait connus jusque-là. Il était habitué à ces jeux érotiques et à l'obéissance de ses maîtresses dans l'intimité de la chambre.

Aussi paradoxal que cela fût, c'était peut-être ce qui l'émoustillait le plus. Il n'avait pas seulement un visage séduisant et un corps superbe, il possédait aussi un savoir-faire, qu'il accompagnait de cette suave assurance qu'il mettait en toute chose, et qui, pour ainsi dire, lui collait à la peau.

Louise ne lui avait-elle pas dit qu'elle avait besoin d'un homme plus âgé qu'elle pour lui servir de mentor ?

Si Daniel était son aîné de quelques années seulement, il avait certainement dans le domaine des jeux érotiques une expérience beaucoup plus longue que ça.

Vu sous cet angle, n'était-ce pas stupide de gâcher un seul instant du temps qu'elle avait à passer avec lui ?

— Je ne crois pas que j'aie envie de café, déclara-t-elle d'une voix qu'elle s'efforçait de rendre déterminée.

Il haussa un sourcil surpris, puis se débarrassa de la serviette qui lui ceignait la taille.

— Dans ce cas, ce serait mieux que tu viennes ici, l'invita-t-il en se frappant la cuisse.

Charlotte sentit ses jambes flageoler. Néanmoins, elle avança. La bouche sèche et le cœur battant, elle posa ses fesses galbées sur les genoux de son amant et noua ses bras autour de son cou.

— Non, comme ceci, commanda-t-il en la soulevant pour l'asseoir à califourchon sur lui.

Charlotte aspira l'air par saccades. Les yeux rivés aux siens, Daniel glissa ses mains sous ses genoux pour la rapprocher doucement de lui. Et lentement, délicieusement, Charlotte l'accueillit en elle.

Elle en aurait pleuré de plaisir. Il était enfoui en elle, l'emplissait de sa virilité. Cette sensation la ravissait, mais elle voulait plus.

— Et maintenant ? demanda-t-elle d'une voix tendue.

Il fronça les sourcils.

— Tu veux dire que tu n'as jamais fait cela non plus ?

107

— Pas sur un canapé. Et jamais très bien de toute façon.

— Prends appui sur tes genoux pour aller d'avant en arrière, comme si tu étais à cheval. Tu es déjà monté à cheval ?

— Tu oublies que je viens du bush.

Elle s'étonnait de parler de façon si naturelle et si anodine en un moment pareil. Aucun doute, elle mourait d'envie de l'impressionner, au moins par sa volonté d'apprendre.

Les mains plaquées sur les épaules de son partenaire, les ongles plantés dans ses muscles, elle entama un lent mouvement de va-et-vient, qu'elle accéléra d'instinct, au fur et à mesure qu'au fond d'elle-même, les sensations merveilleuses s'intensifiaient. Daniel l'emplissait de mieux en mieux. Les sentiments frénétiques l'assaillirent de nouveau, en plus fort et en plus urgent cette fois, la poussant à accélérer sa cadence.

A cet instant, Daniel poussa une plainte sauvage et Charlotte stoppa immédiatement. Elle lui faisait mal. Oh ! Elle était d'une maladresse désespérante.

— Non ! Ne t'arrête pas…, souffla-t-il, le visage contracté. C'est fantastique ! Tu es *fantastique* !

Elle lui obéit avec joie, fermant les yeux pour mieux se concentrer. Mais il devenait de plus en plus difficile de penser à autre chose qu'à la tension qui montait en elle. Le désir lui nouait le ventre. Ses cuisses frémirent. Alors soudain elle bascula dans l'extase, dressée au-dessus de lui, ivre du plaisir qui la submergeait.

Daniel poussa un cri au même moment et ils chavirèrent dans un même spasme vers l'assouvissement suprême. Pour la première fois, Charlotte comprit ce que signifiait ne faire plus qu'un dans la jouissance.

Bientôt, il emprisonna son visage entre ses mains et, attirant sa bouche étonnée vers la sienne, il la bâillonna jusqu'à ce que leur plaisir mutuel s'évanouisse.

— Plus que fantastique…, murmura-t-il, paupières mi-closes, en la serrant sur son cœur.

Le corps et l'esprit alanguis, Charlotte se laissa faire en exhalant un soupir de contentement.

— Dors, ma douce Charlotte, dit-il en lui caressant le dos.

— Je ne veux pas dormir, marmonna-t-elle.

— Ne t'inquiète pas. Je te réveillerai plus tard.

— Ne m'emporte pas au lit, le supplia-t-elle d'une voix altérée qui ressemblait à celle d'une droguée.

— Pourquoi ? s'étonna-t-il.

— Pas le lit. Pas encore. Promets-le-moi.

— Tu es une drôle de fille. Mais je te donne ma parole.

14.

Charlotte s'éveilla lentement. Luttant contre les derniers brouillards du sommeil qui cherchaient à la retenir, elle s'étira et ouvrit les yeux.

Ce qu'elle vit d'abord, ce fut son reflet dans le plafond-miroir, et celui de Daniel, profondément endormi auprès d'elle. Il était étendu sur le ventre, les bras repliés sous l'oreiller, le drap de satin blanc le couvrant jusqu'à la taille.

La jeune femme se surprit à sourire. Elle aurait dû être horriblement mal en point. Or, bizarrement, elle se sentait dans une forme splendide.

Un coup d'œil à sa montre lui apprit qu'il était 10 h 20. Pas si tard en fin de compte pour quelqu'un qui était resté éveillée presque toute la nuit.

Et quelle nuit !

Si Daniel n'avait pas été dans le lit avec elle, elle aurait pu croire qu'elle avait rêvé. Roulant sur le côté, elle lui déposa un baiser plein de gratitude sur l'épaule et fit courir ses lèvres sur sa peau hâlée.

Elle n'obtint aucune réaction. Normal, il devait être épuisé.

Il avait été époustouflant, le genre d'amant qui faisait fantasmer toutes les femmes, mais qui se rencontrait rarement. Il lui avait fait l'amour de maintes façons inédites. En cela, il avait été un

110

cheikh comme jamais elle n'en avait imaginé, dominateur et exigeant parfois, et merveilleusement tendre à d'autres moments. Il semblait savoir exactement ce dont elle avait besoin pour combler son inexpérience, si bien qu'il ne restait plus rien de la femme timide et plutôt craintive qu'elle avait été dans l'intimité. Elle adorait surtout la façon inexorable qu'il avait de la faire jouir, jusqu'à ce qu'elle le supplie.

Charlotte aurait aimé rester au lit pour revivre en pensée ces délicieux instants. Malheureusement, le temps pressait. Bien sûr, Daniel lui avait redemandé — à un moment particulièrement satisfaisant — la permission de l'accompagner le jour même à la Hunter Valley. Et bien sûr, elle avait fini par céder.

Si au fond d'elle-même elle craignait encore que son appétit sexuel récent ne se transforme en un sentiment plus profond, son inquiétude n'était pas aussi forte que son désir. Daniel lui ferait encore l'amour, et cela valait bien une peine de cœur ensuite, aussi douloureuse fût-elle. Cela valait même tous les risques, songea-t-elle. Telle était la force de la passion qu'elle éprouvait pour lui.

La jeune femme ne savait pas au juste à quelle heure ils étaient censés libérer la suite, mais il ne leur restait certainement pas beaucoup de temps. De plus, elle tenait à avoir une apparence impeccable avant que Daniel ne se réveille.

Avec précaution, elle sortit du lit et se dirigea sur la pointe des pieds vers la salle de bains.

Daniel fut réveillé par le bruit de la douche. Avec un grognement, il roula sur le dos et vérifia l'heure à sa montre posée sur le chevet. 10 h 30.

Ils avaient jusqu'à midi pour quitter la chambre. Ce qui leur laissait le temps de prendre un petit déjeuner décent. Malgré l'heure tardive, il était sûr qu'on leur servirait quelque chose dans la suite. C'était une suite nuptiale, après tout.

Et celle-ci méritait bien le prix qu'il l'avait payée, pensa-t-il avec un sourire satisfait en décrochant le téléphone auprès du lit.

En attendant d'obtenir la réception, il se mit à réfléchir. Charlotte avait finalement accepté qu'il l'accompagne dans son voyage de noces, lui donnant ainsi quelques jours supplémentaires pour la convaincre qu'il attendait d'elle à présent bien plus qu'une simple aventure. Accepterait-elle de le suivre aux Etats-Unis et de vivre avec lui ?...

— Ici, la réception... Que puis-je pour votre service ?

Daniel commanda deux petits déjeuners reconstituants plutôt que les déjeuners au champagne que l'hôtel proposait généralement aux jeunes mariés.

— Très bien, M. Bannister. Quand désirez-vous être servi ?

— A 11 heures, si possible.

— Aucun problème, monsieur.

Daniel raccrocha et chercha autour de lui des vêtements à enfiler. Mais il ne trouva que ceux qu'il avait portés la veille. Son sac se trouvait dans le dressing, lequel était seulement accessible par la salle de bains. Ne voulant pas surprendre Charlotte une nouvelle fois, il passa dans le salon où il se souvenait d'avoir laissé une serviette de toilette un peu plus tôt.

Celle-ci se trouvait sur la table basse et, en la prenant, des images érotiques assaillirent son esprit. Celles d'une Charlotte lascive et abandonnée, étendue sur cette même table, où il l'avait possédée.

Daniel se sentit oppressé à ce souvenir. Il l'avait prise sauvagement. *Elle* avait été sauvage. Pour une fille qui s'avouait si peu expérimentée, Charlotte avait eu tôt fait de comprendre les délices de la chair. S'il était inquiet ce matin, c'était parce que le sexe était sans doute tout ce qu'elle attendrait de lui. N'avait-elle été inflexible l'autre jour au sujet du mariage et des enfants ? Elle n'avait pas l'intention de revenir sur ses projets.

Ce qui mettait Daniel devant un dilemme. Parce que jamais il ne laisserait une femme lui mettre la corde au cou, quand bien même il l'eût aimée à la folie.

Brusquement, il se figea, la serviette à la main.

Aimer ? Oui, il *aimait* Charlotte !

« Bien sûr, idiot, fit la petite voix de sa raison qu'il n'écoutait plus depuis longtemps. Pourquoi penses-tu avoir agi ainsi sinon ? La poursuivre comme un psychopathe, se plier à un mariage de carnaval, te mettre en quatre toute la nuit pour la satisfaire… »

Aucun homme ne faisait cela s'il n'était pas amoureux !

Daniel s'effondra sur le canapé le plus proche, sidéré. En un sens, l'aveu qu'il venait de se faire changeait tout. Et le forçait à affronter une peur bien plus grande que celle du mariage.

Et si Charlotte ne l'aimait pas en retour ? Si au bout de ces quelques jours de vacances, elle lui disait froidement : « Au revoir, Daniel. Merci pour le sexe. Mais non, désolée, je ne veux pas de ton amour et je ne veux pas de toi. Ce que je souhaite, c'est un homme capable de m'aimer vraiment et de s'engager, pas un type qui ne sait s'il fera un bon mari et un bon père » ?

Daniel se hérissa à ces insultes imaginaires. Bien sûr qu'il ferait un bon mari et un bon père ! Maintenant qu'il se savait capable d'aimer, la suite logique des choses ne tarderait pas à lui apparaître comme une évidence !

Il soupira de soulagement. Il se sentait mieux, beaucoup mieux à présent. L'idée d'épouser Charlotte s'était imposée à lui, et il la trouvait excellente. Il aimait même la perspective d'avoir des enfants avec elle. Elle ferait une mère merveilleuse.

Un problème subsistait cependant. Il lui fallait amener Charlotte à tomber amoureuse de lui. Le désir était une chose, l'amour en était une autre, complètement différente, il le comprenait maintenant.

Peut-être eût-il encore douté de lui si son ego n'avait soudain pris le dessus. Voyons, il n'avait jamais eu de problèmes de ce côté-là. Toutes les femmes tombaient à ses pieds.

Il lui suffirait d'avouer à Charlotte qu'il l'aimait et qu'il avait changé d'avis au sujet du mariage. Restait à choisir le bon moment. Pas trop tôt, car elle refuserait de le croire. En attendant…

Il se leva, s'enveloppa de la serviette et se dirigea vers la salle de bains. Le bruit de la douche avait cessé. Il espérait que Charlotte était habillée. Par précaution, il frapperait avant.

Charlotte était sur le point de se sécher les cheveux quand un coup ferme fut frappé à la porte.

— Oui ?

— J'ai commandé le petit déjeuner pour 11 heures, dit la voix de Daniel à travers la porte. J'ai besoin de prendre une douche et de me raser. As-tu terminé ?

Non, elle n'était pas prête. Pas du tout même. Tant pis, elle finirait de se préparer ailleurs. Il y avait un petit bureau surmonté d'un miroir dans le salon, qui ferait office de coiffeuse.

Elle était seulement déçue que Daniel dût la voir échevelée, comme Louise la voyait d'habitude le matin.

Bah ! Elle portait au moins une tenue neuve, achetée spécialement pour sa lune de miel. Un jean blanc taille basse très moulant, un petit haut dos-nu d'un jaune pétillant et des escarpins blancs.

Sa lingerie aussi était sexy. Son soutien-gorge pigeonnant de soie crème était superbe ainsi que le string bordé de dentelle assorti, quoique peu confortable.

Ramassant le sèche-cheveux et sa trousse de maquillage, elle alla ouvrir la porte à contrecœur.

Daniel s'adjura de ne pas la regarder, mais la tentation fut trop forte. Il contempla son visage fraîchement lavé, ses yeux d'un bleu vif, et fut submergé par l'émotion. Au point qu'il faillit lui dire sur-le-champ qu'il l'aimait.

Au lieu de quoi, il laissa échapper un juron.

— Désolé, s'excusa-t-il devant l'air interloqué de la jeune femme. Mais tu n'as pas le droit d'être si divinement belle ce matin. Tu devrais avoir les yeux cernés, comme moi.

Les yeux cernés ? Il voulait rire ou quoi ? Il était hyper-sexy et sa jeune barbe ne faisait qu'ajouter à son charme. Daniel avait un torse splendide aux muscles ciselés, de larges épaules et un ventre ferme et plat.

Charlotte avait conscience de le fixer avec audace, mais elle n'en avait cure. Elle était subjuguée.

— Au fait…, commença-t-elle pour se dissuader d'ôter la serviette qu'il portait à la taille. Que va dire ta sœur quand elle saura que tu pars avec moi aujourd'hui ? C'est pour la voir que tu es en Australie après tout.

— Elle ne m'en voudra pas, répondit-il d'un ton abrupt. Je peux toujours prolonger ma visite.

A cette révélation, Charlotte sentit son cœur faire un bond.

— Mais… Je pensais que tu devais rentrer à Los Angeles dans deux semaines ?

Daniel haussa les épaules.

— Je suis mon propre patron.

— Je vois. Je ne voudrais pas que tu aies des ennuis à cause de moi. Bon, je te laisse la place.

Et dans un suprême effort de volonté, elle passa devant lui et sortit de la pièce.

Une fois la porte refermée, elle attendit quelques instants et, dès que le jet de la douche se fit entendre, elle se précipita dans le salon, posa ses affaires sur un sofa et décrocha le téléphone.

Elle avait absolument besoin de parler à Louise. Elle seule pouvait la raisonner.

— Oui, répondit une voix qui semblait sortir du brouillard.

— Louise, c'est moi. Réveille-toi.

— Charlotte ! Brad, c'est Charlotte.

— Ecoute, je ne veux pas d'une conversation à trois, merci, déclara-t-elle sèchement. C'est à toi que je veux parler et à toi seule.

Elle perçut des bruits confus, puis Louise annonça :

— C'est bon. Je m'enferme dans la cuisine. Vas-y !

— Dis-moi encore que ce n'est qu'une affaire de sexe.

— Oh ! C'était si bon que ça ?

— C'est rien de le dire !

— Pas de doute, c'est du sexe pur et dur. Mais du genre à créer une dépendance, je te préviens. Tu ne peux plus revenir en arrière, ma puce.

— Donc, tu ne penses pas que je suis amoureuse de lui ?

— Bah ! Qu'a-t-il pour rendre une femme amoureuse ?

Charlotte pensait justement à beaucoup de choses. Daniel n'était pas seulement un étalon. Il était gentil, intelligent, sensible… brillant… généreux…

— Hé ! Tu es toujours là ? s'inquiéta Louise.

— Oui. Louise, peux-tu me rendre un service ?

— Tout ce que tu voudras.

— Alors, prends mon sac de sport dans le bas de mon armoire et jette dedans tous ces nouveaux vêtements que j'ai achetés pour ma lune de miel. Ainsi que les accessoires que tu jugeras utiles. J'ai déjà mes affaires de toilette et mon maquillage. Je passerai vers 12 h 30.

— Je ne serai pas là. Brad m'emmène chez lui pour un barbecue. Mais je laisserai ton sac près de la porte d'entrée. Comme je suis contente que ta nuit ait été un succès ! Ecoute, je ne peux pas rester bavarder. Brad vient d'entrer pour me dire de me dépêcher.

— C'est bon. Merci, Louise.

— De rien. Fais attention à toi.

Louise raccrocha, sous l'œil impatient de Brad. Il s'avança et la prit dans ses bras.

— Laisse tomber le café et reviens au lit.

— Impossible. Je dois faire le sac de Charlotte avant de partir.

— Elle ne peut pas le faire elle-même ?

— Non, parce qu'elle veut emmener Don Juan à la Hunter Valley. Pour goûter encore au plaisir auquel elle a eu droit cette nuit !

— Hum, ce n'est pas ton cas apparemment, fit-il remarquer d'un air offensé.

— Je pensais qu'au bout de six mois de sexe non-stop, tu en aurais assez.

— Je ne me lasserai jamais de toi, Lou. Quand vas-tu t'en rendre compte ?

Louise ne répondit pas. Impossible quand la bouche de Brad écrasait la sienne. Mais son cœur se mettait à battre de façon bizarre. La faute à ce maudit mariage d'hier ! Ça lui donnait des idées et éveillait en elle des sentiments.

A moins que le temps fût venu de donner une seconde chance à l'amour ?

15.

— Je suis désolé, Beth, s'excusa Daniel en refaisant la valise qu'il avait défaite deux jours plus tôt. Je sais que tu es déçue.

— Oui et non, lui répondit la jeune femme.

Il lui jeta un coup d'œil interrogateur.

— Comment ça ?

— Eh bien ! Je me réjouissais de ton séjour ici, c'est vrai. Mais je suis aussi disposée à me priver du plaisir de ta compagnie pour te rendre un service à long terme.

Daniel boucla sa valise, puis regarda de nouveau sa sœur.

— Explique-toi.

Beth sourit.

— Je connais assez mon grand frère pour savoir qu'il est enfin tombé amoureux.

Daniel ébaucha un sourire désabusé.

— Ça se voit tant que ça ?

— Je crois que oui. Vince m'a dit que c'était écrit sur ton visage hier. Il n'avait jamais vu un nouveau marié plus amoureux.

— Il m'a fallu du temps pour m'en rendre compte. Mais quelle révélation ! Le grand amour est vraiment puissant, n'est-ce pas ?

Le regard de Beth devint tendre.

— Oui, Daniel. Il l'est.

— Je ferais n'importe quoi pour elle.

— C'est ce que je vois.

Il soupira.

— L'inconvénient, c'est que Charlotte ne partagera peut-être jamais mes sentiments. N'oublie pas qu'elle est sous le coup d'une déception sentimentale.

Il n'osa lui dire que pour Charlotte il ne s'agissait sans doute que d'une révélation sexuelle, dont la magie ne tarderait pas à disparaître, faute de sentiments profonds.

— Ça se peut, convint Beth. Elle a dû au moins penser qu'elle était amoureuse de Gary, si elle allait l'épouser. Mais à l'évidence, elle est très attirée par toi. Elle ne t'emmènerait pas avec elle si ses sentiments n'étaient pas solides. La fille que j'ai rencontrée vendredi ne m'a pas paru volage.

— Non, ce n'est pas son genre, renchérit Daniel qui se sentait légèrement mieux à écouter sa sœur.

— Alors, fais attention. Elle doit être bouleversée en ce moment. Elle va avoir besoin de temps.

— Ça veut dire… longtemps ?

— A toi de juger, mon cher Daniel. Sois toi-même, assuré et charmant, et je suis sûre qu'elle sera à toi au bout du compte.

Daniel ne partageait pas cet optimisme. Charlotte était différente des autres femmes qu'il avait connues. Elle ne semblait impressionnée ni par son charme, ni par sa richesse. Tout ce qui l'intéressait, c'était son corps.

Dire que dans le passé, c'était lui qui pensait ainsi. C'était le monde à l'envers !

— Charlotte a déclaré que lorsque ce voyage de noces prendrait fin, ce serait fini entre nous.

— Elle se protège peut-être, répondit Beth. Elle pense que tu collectionnes les aventures, alors elle préfère prendre les devants.

Daniel lui lança un regard noir.

119

— Elle ne l'aurait jamais pensé si tu n'avais pas fait ce commentaire stupide !

— Allons, Daniel, on voit tout de suite que tu es un play-boy. Tout homme séduisant qui a de l'argent et qui, à trente-six ans, est toujours célibataire est automatiquement considéré comme un homme à femmes. Ta Charlotte n'est pas sotte. Elle se serait fait sa propre idée de toute façon.

Daniel ébaucha une grimace.

— Oui, tu as probablement raison. D'autant que je lui ai dit que j'étais allergique au mariage.

— Avec ça, mon vieux, tu as brûlé tes vaisseaux. Cette fille désire avant tout se marier et avoir des enfants. Ce que nous voulons toutes, un jour ou l'autre. Fais-lui savoir que tu as changé d'avis et donne-lui une chance de tomber amoureuse de toi.

— Oui, mais pas parce que j'agite la promesse de mariage sous son nez, s'obstina-t-il.

Beth soupira.

— Tu veux toujours tout avoir, Daniel.

— Non, Beth. Je ne veux pas la même chose que notre père. Je désire vivre avec *la* femme de ma vie. Et cette femme-là, c'est Charlotte.

— Alors, fais tout ce qu'il faut pour gagner son cœur.

Charlotte était assise au volant devant la maison de Beth, attendant avec impatience que Daniel réapparaisse. Elle avait refusé de l'accompagner chez sa sœur pendant qu'il prenait quelques affaires en vue du voyage. Elle se serait sentie terriblement gênée face à Beth et à son mari.

Que devaient-ils penser d'elle ?

C'était une chose de conclure un faux mariage, mais c'en était une autre d'emmener le pseudo-marié en lune de miel ! Elle qui exécrait d'habitude les filles légères, aux pratiques sexuelles débridées, voilà qu'elle les surpassait par sa conduite et, pire, elle aimait cela !

Après sa conversation avec Louise, elle s'était demandé une fois de plus si elle était oui ou non tombée amoureuse de Daniel. Mais quand il avait surgi de la salle de bains, follement séduisant en pantalon beige et chemise lie-de-vin, elle avait su que Louise avait raison : c'était uniquement le désir qui avait motivé son extraordinaire comportement.

Comme elle avait hâte de partir et de l'avoir à elle pendant cinq jours entiers !

La culpabilité, la honte ou l'inquiétude viendraient plus tard, après la lune de miel. En attendant, elle entendait bien profiter de chaque instant.

Son cœur bondit dans sa poitrine quand le haut portail s'ouvrit pour livrer passage à Daniel, traînant derrière lui une élégante valise noire. Charlotte descendit et se hâta d'aller ouvrir le coffre.

Il la rejoignit en ébauchant un sourire à lui couper le souffle.

— Je dois avoir le plus joli chauffeur de Sydney, la complimenta-t-il en l'embrassant sur les lèvres.

Juste un baiser léger, mais Charlotte sentit son cœur s'emballer. Puis les yeux sombres semblèrent chercher les siens.

— Qu'y a-t-il ? dit-elle.

— Rien. Si nous partions ?

— Qu'est-ce que ta sœur a dit ? demanda-t-elle quand ils furent en route. Etait-elle en colère ?

— Non. Juste un peu déçue. Mais je lui ai promis une compensation. Comme je l'ai déjà dit, je resterai un peu plus longtemps.

Charlotte ne savait trop comment prendre cette nouvelle. Qu'adviendrait-il s'il demandait à la revoir ? Elle ne pourrait s'empêcher de tomber amoureuse pour de bon.

Ne penser qu'au côté charnel, s'admonesta-t-elle. Une tâche autrement facile en ce moment. La présence de Daniel auprès d'elle orientait toutes ses pensées sur le physique. Elle respirait son parfum viril et épicé, percevait la chaleur qui émanait de lui. Elle jetait des coups d'œil incessants à ses longues et belles mains, les imaginant qui se promenaient voluptueusement sur les différentes zones de son corps…

— Regarde la route ! l'avertit-il soudain comme la voiture dérivait dangereusement vers l'autre voie. Ou laisse-moi conduire.

— Il n'en est pas question, répliqua-t-elle en se ressaisissant. Tu ne connais pas le chemin.

— Je connais Sydney, tu sais.

— Peut-être, mais cela fait un moment que tu n'y as pas mis les pieds et tu m'as dit que tu n'étais jamais allé vers le nord.

Et par-dessus tout, elle ne voulait pas qu'il soit fatigué en arrivant à destination.

— Si tu en profitais pour faire une sieste ? suggéra-t-elle. Il n'y a pas grand-chose à voir jusqu'à ce que nous soyons sortis de la ville. Après non plus, d'ailleurs. Quand nous aurons passé la Hawkesbury River, le paysage sera plus pittoresque. Mais d'ici là…

— Pourquoi ne pas bavarder ? proposa-t-il.

— Bavarder ? A quel sujet ? demanda-t-elle prudemment.

Daniel haussa les épaules.

— Oh ! De tout et de rien.

Charlotte se raidit.

— J'ai du mal à me concentrer sur la route et à parler en même temps, vois-tu !

— On est dimanche. La circulation n'est pas si dense.

— Eh bien… Je suis nerveuse au volant.

— Ton père a dit que tu n'étais pas du genre nerveux.

— Mais je suis à côté de toi. Là, tu comprends ? répliqua-t-elle d'un ton irrité qu'elle regretta aussitôt. Si tu veux, je vais mettre la radio.

Elle alluma l'auto-radio sur la BBC qui proposait un programme d'informations et de débats.

— Ça te va ?

— Il faudra que je m'en contente.

Et sur ce commentaire, il s'installa confortablement, bras croisés et paupières mi-closes.

Charlotte faillit laisser échapper un soupir de soulagement. Mais son esprit revint très vite à ce que cette journée leur réservait.

L'horloge du tableau de bord marquait 13 h 15. Avec un peu de chance, ils arriveraient à la résidence peu après 15 heures. Et après ?

Elle frémit à la perspective de se retrouver une fois de plus dans une chambre avec Daniel. Elle avait été excitée la veille, mais ce n'était rien comparé à l'exaltation qu'elle ressentait en ce moment. Au point qu'elle gardait les mains crispées sur le volant pour les empêcher de trembler.

Seigneur ! Les deux prochaines heures allaient certainement être les plus longues de sa vie !

16.

Daniel n'écoutait pas la radio. Son esprit s'efforçait d'analyser les faits et gestes de Charlotte.

Elle était stressée. Cela sautait aux yeux. Qu'est-ce que son père avait dit exactement ? Qu'on ne pouvait aimer autrement. Cela signifiait-il que Charlotte l'aimait ? A moins qu'elle ne fût qu'émoustillée ?

Il n'aurait peut-être pas dû l'embrasser tout à l'heure derrière la voiture. Mais dès qu'il la voyait, c'était plus fort que lui, il avait besoin d'un contact physique avec elle.

Bonté divine ! C'était lui à présent qui était stressé. Ce n'était pas son état d'esprit habituel. Il est vrai que ce qui se jouait en ce moment était capital. Gagner le cœur de Charlotte était une mission difficile. Malheureusement, tout ce qu'il pouvait faire pour l'instant, c'était la satisfaire sexuellement.

Non que cette perspective fût désagréable. Il en était déjà excité rien que d'y penser. Elle était si réceptive, et si heureuse d'avoir découvert les joies du sexe.

Il lui jeta un regard à la dérobée : elle avait les joues roses. Oui, elle était excitée, conclut-il en souriant. Et si divinement belle !

Il aimait vraiment la façon dont elle s'était coiffée, aujourd'hui. Ses cheveux étaient ramenés en une queue-de-cheval lisse et très haute, qui exposait son cou élégant et attirait l'attention sur ses pendants d'oreilles en argent, qui oscillaient à chacun de ses mouvements.

A l'époque des pharaons déjà, les femmes ornaient leurs lobes de bijoux pour séduire les hommes, se rappela-t-il.

Une tactique toujours efficace, il devait en convenir.

— Veux-tu arrêter de me regarder ? l'apostropha-t-elle soudain.

Daniel nota la frustration dans sa voix, ses doigts crispés sur le volant. Un détail le frappa alors :

— Tu ne portes plus la bague de Gary ?

— Je l'ai rangée dans un tiroir quand je suis allée chercher mes affaires.

— Tu vas la lui rendre ? s'enquit-il, décidé à la faire parler.

Charlotte soupira.

— Oui. Je sais que je n'y suis pas obligée. Ce qu'il m'a fait était vil et lâche, mais je ne suis guère mieux, n'est-ce pas ?

— Je ne dirais pas ça.

Elle se mit à rire.

— Non, évidemment. Tu te conduis toujours de la sorte, j'imagine. Mais pas moi. Qu'à cela ne tienne, je ne vais pas me fustiger. Je suis avec toi en ce moment, parce que c'est ce que je désire. Personne ne me force la main.

— A t'entendre, ce que nous faisons ensemble est sordide. Tu es libre, Charlotte. Tu as le droit d'être avec qui tu veux.

— A ton avis, que pense-t-on d'une fille qui est prête à se marier un jour et qui couche avec un autre le lendemain ?

Il fronça les sourcils. Beth avait raison. Charlotte ne savait plus où elle en était. Et sa décision de partir avec lui ne la mettait pas totalement à l'aise.

— Là, tu simplifies à l'extrême, dit-il avec précaution. Tu n'aimais pas Gary pour commencer.

— Non. Mais je pensais le contraire. Il faut toujours que je me croie amoureuse quand je ne le suis pas.

125

Le cœur de Daniel manqua un battement. Etait-ce une façon de se moquer d'elle-même ou disait-elle la vérité ? Pourvu que non. Quoi qu'il en soit, ce n'était pas le moment d'insister là-dessus. Le plus urgent était d'apaiser sa conscience et ses craintes d'être une fille facile.

— Bon nombre de relations durables commencent par une attirance physique, déclara-t-il d'une voix assurée.

Charlotte salua cette déclaration d'un rire ironique.

— Si je t'avais rencontré à un autre moment de ma vie, j'aurais pu me croire amoureuse de toi. Maintenant, je sais qu'il ne s'agit que d'une attirance sexuelle, exactement ce que tu ressens pour moi.

Eh bien, bravo ! Que pouvait-il répondre à ça ? « Mais c'est faux, Charlotte, je t'aime. Depuis le premier instant où je t'ai vue. » Elle se tordrait de rire et le traiterait de menteur, oui !

— Je parie que tu n'as jamais vécu avec une fille, poursuivit-elle.

— C'est juste. Peut-être, parce que je n'avais pas rencontré celle qu'il me fallait jusque-là.

Charlotte leva les yeux au ciel.

— Oh ! Je t'en prie. Epargne-moi ce genre de blagues. Tu ne penses qu'à t'amuser avec les femmes, Daniel. Tu l'as dit toi-même. Remarque, ça ne me gêne pas, parce que c'est ce que je veux dans les jours à venir. M'amuser avec toi.

Daniel décida de ne rien précipiter. Il était évident qu'il allait devoir se montrer très patient. Mais il n'était pas pressé.

— Bon, si tu veux que nous ayons du bon temps aujourd'hui, dit-il d'une voix nonchalante, je vais peut-être faire cette sieste que tu me suggérais finalement. Je me sens encore un peu fatigué de la nuit dernière.

17.

Charlotte n'en revenait pas. Non seulement il avait incliné son siège, mais il semblait bel et bien décidé à dormir !

Elle soupira. Il ne restait que la route et la radio pour la distraire de ses pensées torrides.

Après ce qui lui parut une éternité, elle quitta l'autoroute et prit la direction de Cessnock et de la Hunter Valley inférieure. L'horloge du tableau de bord marquait 14 h 45. Elle aurait juré qu'il était beaucoup plus tard.

Même s'il ne faisait que suivre son conseil, elle en voulait à Daniel de dormir. Ou plutôt, elle détestait le voir si maître de lui quand elle-même se sentait comme une chatte sur un toit brûlant.

Brusquement, il s'éveilla, réajusta son siège et regarda au-dehors.

— Bon sang ! Où sommes-nous ? Ça fait des heures que nous roulons.

Ce ton impatient plut à la jeune femme.

— Ce n'est plus très loin maintenant.

— Comme c'est sec par ici ! commenta-t-il en observant le paysage.

En fait, Charlotte trouvait que la sécheresse n'était pas si catastrophique que ça pour le dernier mois de l'été australien. L'herbe qui bordait la route restait très verte, même si celle

127

des prairies avait déjà bruni et que les arbres semblaient se rabougrir.

— Tu devrais voir l'exploitation de mon père. Dans certains champs, il n'y a plus une miette de végétation. Depuis des mois, il nourrit le cheptel avec du fourrage.

— Où en sont ses provisions d'eau ? s'enquit-il en se rappelant avoir lu dans le journal des informations inquiétantes à ce sujet.

— Mon père a un puits et deux barrages. Mais il emploiera certainement une partie de l'argent que tu lui as donné pour en faire construire un troisième et remplacer le bétail qu'il a été obligé de vendre.

— Tu ne m'en veux plus au sujet de cet argent ?

— Non, répondit-elle. Et je regrette d'avoir si mal réagi. Quel besoin aussi avais-tu de faire ce cadeau ? Tu devais savoir que j'aurais quand même couché avec toi.

Une expression de colère et d'indignation se peignit sur les traits de Daniel.

— Tu as cru que je donnais cet argent à ton père pour que tu te sentes redevable et que je te mette ainsi plus facilement dans mon lit ?

— Cette idée m'a traversé l'esprit, oui. J'étais très perturbée. Le stress… Mon cerveau ne fonctionnait pas vraiment correctement ! Je suis désolée, Daniel.

— J'accepte tes excuses, grommela-t-il. Mais tâche à l'avenir de ne plus me juger. Je ne suis pas un escroc dépravé, Charlotte. Pas plus qu'un homme qui aime s'amuser avec les femmes, comme tu dis. Je suis un être normalement constitué qui a envie de passer du temps avec une femme qu'il trouve très belle et exceptionnelle.

— Exceptionnelle, vraiment ? répéta-t-elle, déterminée à ne pas se laisser prendre à ses belles paroles. Ce que tu es gentil.

— La gentillesse n'a rien à voir là-dedans, bougonna-t-il.

La jeune femme se mit à rire.

— Si tu le dis. Ah, nous arrivons. Voici Cessnok. Tu as déjà entendu parler de cet endroit ?

— Vaguement.

Il n'avait sans doute pas envie d'en apprendre davantage. Mais Charlotte trouvait distrayant de jouer les guides touristiques et entreprit de le renseigner sur la région.

— Ça m'a l'air assez prospère, commenta Daniel, tandis qu'ils empruntaient la rue principale.

— Oui. L'immobilier connaît un bel essor ici. L'ennui, c'est qu'il y fait très chaud. Attends de descendre de voiture et tu vas voir.

— On ne s'arrête pas ici ?

— Non. La résidence de Peacok Park est à dix minutes environ. D'après la carte qu'on m'a envoyée, c'est sur la droite.

Bientôt, ils laissèrent la bourgade derrière eux et roulèrent sur une route ombragée qui plongeait à pic dans un vallon étroit. Bientôt apparut, perché sur la crête d'une colline, un luxueux complexe hôtelier de style colonial.

— Impressionnant, fit remarquer Daniel comme la voiture arrivait devant un immense portail en fer forgé.

— Cet ensemble a été construit il y a une vingtaine d'années, mais il a été entièrement rénové et compte parmi les cinq hôtels de grand standing de la Hunter Valley, lui apprit-elle en se garant sur le parking de la réception. Il offre tout ce que les touristes peuvent souhaiter : restaurant gastronomique, bar, piscine chauffée, courts de tennis, gymnase. Les chambres sont dotées d'un jacuzzi et d'une terrasse privative avec vue sur la vallée.

— Et climatisées, j'espère, dit-il en sortant de la voiture. Tu as raison, la chaleur est étouffante.

— Il semble qu'une tempête se prépare, annonça Charlotte

en scrutant l'horizon où une masse nuageuse s'accumulait au-dessus des montagnes.

« De même qu'une autre tempête se prépare », songea-t-elle. Plus intime celle-là. Maintenant qu'ils étaient arrivés, elle se sentait emportée dans un maelström de désir, et la chaleur extérieure n'était rien, comparée au feu qui embrasait tout son être.

— Ne restons pas au soleil, dit Daniel en prenant son bras et en l'entraînant vers le bureau de la réception.

La réservation était faite au nom de Charlotte Gale. Ainsi, il n'y eut pas d'explications embarrassantes à fournir. Quand le réceptionniste demanda s'ils réservaient une table pour le dîner, Daniel répondit qu'ils dîneraient dans leur chambre.

Charlotte ne fit aucune objection. C'était exactement ce qu'elle souhaitait — entre autres choses.

— La chambre à côté de la vôtre n'est pas occupée, les informa l'employé. Vous serez totalement chez vous. La piscine et le gymnase se trouvent à proximité. Suivez les pancartes. Je vous souhaite un agréable séjour.

Leur chambre se trouvait au bout d'un petit bâtiment au toit pentu et disposait de deux vérandas.

— Veux-tu aller piquer une tête dans la piscine le temps que l'air conditionné se mette en marche ? demanda Daniel avant d'ouvrir la porte.

— Et toi ? dit Charlotte que cette idée n'emballait pas.

— Non. Une douche sera aussi rafraîchissante. Si ça te convient.

Elle le regarda, incapable de dissimuler plus longtemps la lueur de désir qui brûlait au fond de ses prunelles.

— Je crois que tu connais déjà ma réponse, murmura-t-elle d'une voix grave empreinte d'intensité.

— Je ressens exactement la même chose.

Charlotte aurait aimé le croire. Pourtant, ce qu'il ressentait n'avait sans doute aucune commune mesure avec ses propres sentiments.

Daniel poussa la porte et l'invita à entrer la première. Ce qu'elle fit, dans un état second. Elle nota d'un regard vague que la chambre était vaste et meublée de façon rustique.

— Il doit y avoir une bonne isolation, fit remarquer Daniel. Il fait au moins dix degrés de moins qu'à l'extérieur.

Il s'occupa tout de suite de régler la climatisation, puis le téléviseur encastré dans un meuble-living, face au lit.

— La salle de bains est magnifique, dit-il. Va voir.

Il avait raison. La pièce comprenait un jacuzzi, une luxueuse cabine de douche, d'immenses miroirs…

Quand elle revint vers la chambre, Daniel avait ouvert la baie vitrée et se tenait sous la véranda, les mains dans les poches.

— Belle vue. L'œil porte à des kilomètres. Dommage qu'il fasse trop chaud pour une promenade. Ce soir, peut-être…

— Daniel…, coupa-t-elle, incapable d'attendre davantage.

Il se détourna lentement, comme s'il hésitait à lui faire face.

— Oui ?

— Cesse de me faire languir.

Il sourit.

— Je jouais seulement à me tourmenter, ma chérie.

Le mot tendre arracha un faible gémissement à la jeune femme. Il se méprit, bien sûr, pensant que c'était l'expression de sa frustration, quand il s'agissait d'un cri de désespoir. Oui, se dit Charlotte, il avait fallu ce « ma chérie » pour faire voler en éclats les théories de Louise et réveiller son cœur douloureux.

Daniel couvrit en deux enjambées la distance qui les séparait et l'attira dans ses bras, presque brutalement.

Elle lui fut reconnaissante de ce manque de délicatesse, qui lui évitait de s'effondrer à ses pieds. L'instant d'après, il plaqua ses lèvres sur les siennes avec fougue, tandis que ses mains arrachaient ses vêtements. Charlotte s'empressa de l'aider.

Une fois nus, ils restèrent agrippés l'un à l'autre. Puis Daniel la renversa sur le lit, lui écarta les cuisses et la posséda dans un cri rauque.

Il s'immobilisa soudain et la contempla avec des yeux étranges, comme si ce qu'il venait de faire le choquait. Et peut-être était-ce la vérité. La nuit dernière, il avait été impatient certes, mais pas au point d'être brutal.

— Ne t'arrête pas ! le supplia Charlotte.

En jurant, il lui remonta les jambes et entama en elle une danse puissante, frénétique.

Charlotte retint son souffle puis gémit, les ongles enfoncés dans la chair de ses épaules. La sueur perlait sur le front de Daniel et sur le sien.

— Oh ! Charlotte...

— Ne t'arrête pas, répéta-t-elle.

Il marmonna quelque chose d'incompréhensible tout en accélérant son rythme. Pas longtemps. Quand il atteignit l'extase, son visage grimaça, comme s'il n'éprouvait pour lui-même que du dégoût.

Il n'aurait pas dû s'inquiéter pourtant. Charlotte explosa au même moment, emportée dans un ravissement inouï. Ou était-ce l'expression de la souffrance ?

Non ! Elle refusait de se réfugier dans le pathétique ou les pensées destructrices, de croire les aspirations de son âme trop romantique. Ce n'était pas de l'amour, mais du sexe. Louise l'avait dit : il n'y avait que ça de vrai.

« Ne cherche pas plus loin, s'intima-t-elle. N'espère rien de plus. Pour ne pas devenir folle... »

18.

Charlotte s'éveilla au bruit du tonnerre. La chambre était sombre, bien que le réveil sur la table de nuit marquât 17 h 20. Un éclair illumina la pénombre. L'orage était imminent.

Daniel n'était pas à son côté, mais elle l'aperçut derrière la baie vitrée, assis sous la véranda, vêtu du peignoir blanc de l'hôtel. Il dégustait un verre de vin blanc.

Un autre peignoir était posé au pied du lit à son intention. Il avait dû le déposer là pendant qu'elle dormait. Il avait aussi ramassé ses vêtements éparpillés et les avait mis sur une chaise, soigneusement pliés.

Oui, Daniel était gentil. Le fait qu'il fût un homme à femmes ne lui enlevait pas cette qualité. Quel dommage qu'il fût contre le mariage. Il ferait un merveilleux mari. Le cœur de Charlotte se serra à cette pensée, la confortant dans ce qu'elle soupçonnait un peu plus tôt et qu'elle essayait de combattre.

Oui, elle *aimait* cet homme. C'était ridicule de le nier.

Un moment, elle laissa son regard errer sur sa silhouette. Si seulement ils étaient réellement mariés et en voyage de noces pour de bon. Elle irait le rejoindre sur la terrasse, s'installerait sur ses genoux, boirait dans son verre, passerait une main dans ses cheveux, lui dirait qu'il était l'homme le plus merveilleux et le plus sexy du monde ! Plus besoin de faire semblant. Plus de mensonges, plus d'embarras…

L'embarras justement la rongeait au souvenir de leurs ébats. Son désir de lui semblait insatiable, peut-être parce que le sexe était son seul moyen d'expression. Comment pouvait-elle être naturelle avec lui et lui avouer à quel point elle l'aimait ? Il penserait qu'elle était volage et sotte d'aller d'aventure en aventure en se croyant chaque fois amoureuse…

Le problème était que cette fois elle l'était pour de bon. Comme frappée de plein fouet par un bulldozer !

Avec un soupir, elle se leva, s'enveloppa dans le peignoir et se rendit pieds nus dans la salle de bains, où son regard se porta inévitablement vers la cabine de douche.

Les parois étaient encore humides, et elle se crispa au souvenir de la douche impudique qu'ils avaient prise ensemble. Daniel n'avait même pas eu à la séduire, elle avait été trop heureuse de prendre l'initiative.

Comme elle se lavait les mains, son reflet dans le miroir parut se moquer de ses tracas. Elle était superbe, épanouie même. Les yeux brillants, les lèvres roses, les cheveux encore soigneusement retenus par la queue-de-cheval, bien en place et légèrement humides. Elle avait même gardé ses boucles d'oreilles.

Devant l'ironie de la situation, elle les ôta et les posa près du lavabo, puis se hâta d'aller rejoindre Daniel sous la véranda.

Son cœur s'accéléra en le voyant et elle sentit les pointes de ses seins durcir contre le tissu-éponge du peignoir. De nouveau, elle avait l'envie folle qu'il lui fasse l'amour. Lentement, cette fois.

— Ainsi, tu es toujours en vie ? dit-il en l'accueillant avec un sourire chaleureux. J'allais me lever pour vérifier. Viens t'asseoir. Je vais te chercher un verre et remplir le mien en même temps. Figure-toi qu'il y avait du vin blanc dans le réfrigérateur et une bouteille de vin rouge dans le placard. Avec une carte de bienvenue.

134

— Oui, c'est compris dans le prix du séjour, expliqua-t-elle en s'asseyant à la table de jardin dans l'espoir de se détendre.

Peine perdue, évidemment !

— Tu devais être fatiguée d'avoir conduit jusqu'ici, dit Daniel en revenant. Tu te sens mieux ?

Leurs yeux se croisèrent quand il lui tendit son verre.

— Beaucoup mieux, réussit-elle à articuler.

Le ciel assombri fut déchiré par un nouvel éclair, immédiatement suivi d'un coup de tonnerre fracassant.

— Il va pleuvoir à verse, préconisa Daniel en s'installant en face d'elle. J'aime regarder la pluie tomber. Pas toi ?

— Quand j'en ai l'occasion, répondit-elle en buvant une gorgée de vin blanc glacé. Qu'est-ce que c'est ? Un verdelho ?

— Gagné ! Et des vignobles de la Hunter Valley, encore. Il est rudement bon. Nous pourrions visiter les caves demain et en acheter quelques bouteilles.

— D'accord.

— Voilà la pluie, s'exclama-t-il joyeusement, comme de grosses gouttes s'écrasaient sur le toit.

Charlotte se surprit à contempler son visage soudain enfantin, se demandant quel genre d'homme il pourrait être si son père n'avait pas abandonné sa mère. Serait-il devenu quand même ce séducteur qui collectionnait les aventures ? Ou aurait-il été prêt à se marier et à fonder une famille ?

C'était ce que Gary avait envisagé au moins. Nul doute qu'il eût l'intention d'épouser sa secrétaire. Quant à elle, Charlotte, où en était-elle ? Une fois de plus, elle se gâchait l'existence pour un homme qui ne lui donnerait jamais ce qu'elle voulait.

— Tu penses trop, dit Daniel en l'observant, les yeux brillants. On ne retire rien de bon à trop réfléchir. Viens là, je t'en prie.

C'était presque la scène qu'elle avait imaginée tout à l'heure. Etre assise sur ses genoux, parler amoureusement et boire dans le même verre… Pas tout à fait cependant.

Dès qu'elle fut installée, il posa son verre et glissa une main dans l'échancrure de son peignoir.

— J'aime tes seins, murmura-t-il en taquinant ses pointes dressées.

Dans un sursaut de plaisir, Charlotte renversa un peu de vin.

Il lui prit le verre des mains et le posa sur la table avant de reporter son attention sur ses seins brûlants. En même temps, il caressa de la langue le lobe de son oreille.

— Daniel…, haleta-t-elle en se cambrant contre lui.

— Dis-moi ce que tu désires, répondit-il de sa voix chaude et sexy qui la troublait tant.

Apparemment, il aimait parler en faisant l'amour. Il la complimentait, la commandait, la poussait à exprimer ses désirs.

— Toi, gémit-elle.

— Ici, sous la véranda ?

— Oui, répondit Charlotte en tremblant.

Sans hésiter, il la fit pivoter. L'air était de plus en plus lourd, l'orage allait se déchaîner. Un éclair fulgurant zébra le ciel au moment où il la pénétrait. Ses mains fiévreuses lui agrippaient les hanches, et il l'attirait vers lui pour s'ancrer plus profondément en elle. Charlotte exhala l'air dans un gémissement de plaisir. Un coup de tonnerre formidable couvrit sa plainte.

— C'est bon ? demanda-t-il d'une voix rauque.

Elle hocha la tête, incapable de parler tant l'émotion lui serrait la gorge.

« Je t'aime », eut-elle envie de crier. Mais elle n'osait pas. Alors, elle emprisonna le visage de Daniel entre ses mains et l'embrassa. Doucement, sensuellement. Elle lécha ses lèvres offertes, taquina le bout de sa langue, puis l'intérieur de sa bouche… Tous les gestes qu'il avait eus pour elle.

Un claquement de porte se fit entendre soudain et Charlotte redressa la tête, affolée.

— Tu n'as pas peur que quelqu'un nous voie ?

La véranda était certes privative, mais elle donnait sur un immense parc traversé de sentiers.

— Pas par ce temps, la rassura-t-il. Tout le monde doit rester sagement à l'intérieur.

La pluie tombait à verse à présent et crépitait sur les toits.

Daniel l'embrassa à son tour. Ce fut un baiser plein de délices, et Charlotte gémit quand il s'écarta d'elle.

— Je crois qu'il est temps de te débarrasser de ceci, murmura-t-il en dénouant la ceinture de son peignoir.

Charlotte sentit la tête lui tourner, tandis qu'il faisait glisser lentement le vêtement de ses épaules. Elle se retrouva entièrement nue. Dans l'air rafraîchi, elle frissonna de tout son corps.

— Je déteste gaspiller du vin, dit Daniel.

Prenant son verre, il en versa lentement le contenu sur un sein palpitant. Charlotte se mit à haleter. Prenant le second verre, il répandit le vin sur son autre sein. Quand il se pencha pour lécher ses mamelons humides, elle poussa de petits cris et se mit à onduler sur lui, provoquant en elle-même des sensations électriques.

— Oui…, la pressa-t-il en lui agrippant les hanches pour la guider. Oui, comme ça, ma chérie…

Etait-ce le mot tendre qui la fit basculer dans l'extase ? Ou la chair de son amant explosant en même temps en elle ?

La tête renversée en arrière, le corps traversé de spasmes, Charlotte n'en savait rien. Bientôt, elle sentit son corps fondre, se disloquer, et elle s'effondra contre son torse. Les bras de Daniel l'enveloppèrent étroitement. Alors, elle perçut sa respiration saccadée, anarchique.

Longtemps, elle resta ainsi, lovée contre lui, repue et épuisée, ayant perdu la notion du temps, du lieu où ils se trouvaient.

La sonnerie de son portable la ramena partiellement à la

réalité. Elle laissa échapper une plainte. Pourquoi, oh pourquoi les téléphones sonnaient-ils aux moments les plus importuns ?

— Ne réponds pas, murmura Daniel en resserrant son étreinte autour d'elle.

Elle acquiesça, ne souhaitant rien d'autre que se pelotonner dans le refuge douillet de son corps. Mais le téléphone ne cessait de sonner, la tirant de son monde de rêve et éveillant des pensées inquiétantes.

Etait-il arrivé quelque chose à ses parents ? A Louise ?

Elle ne pouvait imaginer sa famille l'appelant dès le premier jour de sa lune de miel, à moins qu'il ne s'agît d'une urgence. Ses parents avaient-ils eu un accident en rentrant chez eux ?

— Il faut que j'aille répondre, dit-elle brusquement.

Si c'était Louise, elle allait la tuer !

— Si tu y tiens, déclara Daniel en la couvrant du peignoir et en la soulevant doucement pour la détacher de lui.

Charlotte lui adressa un sourire embarrassé, puis fonça à l'intérieur de la chambre. Elle repéra son sac près du bureau, d'où elle extirpa son téléphone rose.

— Oui ? dit-elle dans l'appareil d'une voix anxieuse.

— Charlotte ? C'est moi, Louise.

— Louise, je sens que je vais te tuer !

— Aurais-je interrompu quelque chose ? Oh ! Ma pauvre, je suis désolée. Mais je suis sûre que tu as envie d'entendre ce que j'ai à te dire.

— Je t'écoute, répondit Charlotte avec lassitude.

— Tu ne devineras jamais…

Daniel savourait son vin d'un air pensif, en attendant le retour de Charlotte.

Leur intimité avait été différente, pensa-t-il. Plus intense. Plus excitante si possible. Hallucinante même. Mais il y avait chez Charlotte une sorte d'énergie désespérée qui le tracassait.

Cette fois-ci surtout…

Il fronça les sourcils. Jusqu'où avait-il poussé cet épisode érotique ? Etait-ce l'*amour* qui avait rendu Charlotte plus coopérative, plus audacieuse ?

Peut-être, mais ce n'était pas ainsi qu'il défendrait sa cause, se dit-il, silencieux. Il se promit de lui faire l'amour plus tendrement et dans l'intimité de la chambre. Pour qu'elle apprenne à l'aimer.

Il oublia momentanément ses interrogations en la voyant réapparaître, son peignoir noué fermement cette fois. Au lieu de revenir s'asseoir sur ses genoux, elle se laissa tomber sur la chaise en face de lui.

— Que se passe-t-il ? demanda-t-il.

— Rien de grave, répondit-elle. C'était Louise. Elle a enfin décidé d'épouser Brad.

— Brad doit être fou de joie. Mais pourquoi es-tu contrariée ?

— C'est faux. Je suis très heureuse pour eux deux.

Elle ne le montrait pas dans ce cas. Elle avait l'air triste et il ne pouvait supporter de la voir ainsi.

Elle le regarda avec une expression presque amère.

— D'après elle, c'est à cause de ce que je lui ai dit.

— Et que lui as-tu dit exactement ?

Charlotte haussa les épaules d'un air malheureux.

— Que je ne pouvais pas utiliser les hommes comme elle utilisait Brad. Apparemment, ça l'a fait réfléchir. Elle s'est rendu compte qu'elle *aimait* Brad et que si elle ne l'épousait pas, elle le regretterait amèrement. Elle l'a avoué à Brad ce matin et ils vont fêter leurs fiançailles ce soir.

— Je suis content pour eux, même s'ils forment un couple peu ordinaire.

— Sans doute, mais Brad est très épris de Louise, répondit Charlotte.

Daniel commençait à comprendre pourquoi cette nouvelle la tourmentait. Sa meilleure amie allait se marier, alors qu'elle venait d'être plaquée. Louise avait un homme qui l'aimait. Charlotte ne tombait que sur des pignoufs comme Dwayne ou Gary.

Jusqu'à aujourd'hui.

Il avait prévu d'attendre un certain temps avant de lui annoncer qu'il l'aimait, mais il lui sembla que le moment était enfin venu.

— Tu es triste, commença-t-il doucement. Et il n'est pas difficile de comprendre pourquoi. Mais Charlotte, tu es une fille belle et sexy, avec une âme aimante et sensible. Dwayne et Gary n'étaient que des mufles, crois-moi…

— Ne dis surtout pas qu'un jour quelqu'un m'aimera vraiment, Daniel ! coupa-t-elle avec véhémence en se levant. Je ne veux pas l'entendre ! Qu'est-ce que tu connais à l'amour de toute façon ? Tu n'as jamais été amoureux. Tu ne sais pas ce que c'est de ne pas être payé de retour. On… on a le cœur brisé. Et… Oh !

Dans un gémissement, elle éclata en sanglots.

En une seconde, Daniel fut sur pied et voulut la prendre dans ses bras.

Mais Charlotte le repoussa. D'un revers de main, elle essuya ses larmes et recula d'un pas.

— Non, laisse-moi ! s'écria-t-elle en resserrant l'encolure de son peignoir. Je ne veux plus coucher avec toi ! C'est stupide et futile. Je vais m'habiller. Puis je rentrerai à Sydney.

Sur quoi, elle s'enfuit vers la chambre.

Sans hésiter Daniel la suivit, et l'agrippant par une épaule, lui fit faire demi-tour. Leurs regards s'affrontèrent. Les yeux de Charlotte brillaient d'amertume et de rancœur, tandis que les siens ne devaient refléter qu'un sombre désespoir.

— Je n'allais pas dire qu'il y aura un jour, quelque part,

quelqu'un pour t'aimer. Je dis qu'il y a *ici et maintenant* un homme qui t'aime profondément.

Charlotte le regarda fixement, stupéfiée. Mais le choc fit bientôt place à la colère.

— Je ne te crois pas ! Tu me mens !

— Je n'aurais aucune raison de le faire, Charlotte. *Je t'aime*.

— Non, répondit-elle d'une voix fiévreuse. Non !

Ce genre de chose ne pouvait arriver. Pas à elle. Les hommes l'abandonnaient, la plaquaient, se servaient d'elle. Daniel mentait pour la retenir encore un peu et partager avec elle des moments de sensualité intenses, rien de plus.

— Je t'aime vraiment, insista-t-il. Si je ne te l'ai pas dit plus tôt, c'est parce que je craignais que tu ne me croies pas. Et je voulais te donner le temps d'oublier Gary.

— Je l'ai oublié en un instant.

Une parole que Charlotte regretta aussitôt en voyant un éclair de triomphe briller dans les prunelles sombres du jeune homme.

— Parce que tu es tombée amoureuse de moi, dit-il en l'enlaçant avec fougue. C'est ça, n'est-ce pas ? Charlotte, réponds-moi.

— Et après ? lui lança-t-elle. A quoi cela m'avance-t-il ?

La réaction de Daniel la stupéfia. Il leva la tête et une expression d'intense soulagement se peignit sur ses traits.

— Oh ! Mon Dieu, merci.

Quand il reporta son regard sur elle, elle n'y vit plus la moindre trace de désespoir. Il avait seulement un air très déterminé.

— Assez de sottises. Tu m'aimes et je t'aime. Nous allons nous marier pour de bon cette fois.

Charlotte en resta bouche bée.

— Mais je croyais que tu étais allergique au mariage !

— Tu m'as guéri.

— Comme ça tombe bien !

— Ne sois pas cynique, Charlotte. Je t'aime et, au fond de toi, tu le sais.

Possible, mais son cœur avait toujours été un mauvais conseiller. Elle devait écouter sa raison cette fois.

— Et toi, tu sais ce que je veux entendre !

Daniel prit un air frustré.

— Que dois-je faire pour te convaincre ? Je te demande de m'épouser. Dès que possible.

— Et le divorce ? Dès que possible aussi ? J'ai entendu dire qu'on pouvait l'obtenir en un temps record aux Etats-Unis. Tu n'auras même pas besoin de payer un avocat !

— Je ne retournerai pas aux Etats-Unis. Ou seulement temporairement, pour régler mes affaires là-bas. Mais je reviendrai pour t'épouser ici à Sydney. C'est là aussi que nous élèverons nos enfants.

— Nos… Nos enfants ? balbutia-t-elle, le cœur chaviré par l'émotion.

— Bien sûr. Quand il rencontre le grand amour, un homme peut changer complètement. Je veux avoir des enfants de toi, ma chérie. Je pensais que c'était aussi ce que tu désirais.

— Oui… Oui. C'est juste que… Oh ! Daniel, c'est si dur de faire confiance après avoir été blessée aussi souvent que je l'ai été.

— Je comprends, acquiesça-t-il en lui caressant les cheveux. Sincèrement. Mais la confiance viendra avec le temps, tu verras.

Elle n'en était pas si sûre. Le temps avait souvent été son ennemi. Daniel l'aimerait-il toujours quand il serait de retour aux Etats-Unis ? Ou ses sentiments n'étaient-ils qu'une illusion, comme ceux de Gary ? Il se croyait sincèrement amoureux d'elle, mais l'amour d'un homme n'était souvent basé que sur le sexe. Après tout, il ne la connaissait pas vraiment.

— Dis-moi que tu m'aimes, la pressa-t-il. Dis-le-moi, Charlotte.

— Je t'aime, prononça-t-elle, terriblement émue.

Seigneur ! Maintenant, il savait qu'elle était folle de lui.

— Veux-tu m'épouser ?

— Ne me demande pas ça, dit-elle en se reculant pour le regarder dans les yeux. C'est trop tôt. Essaie de comprendre, Daniel. Tu vas rentrer à Los Angeles et… et il se peut que tu changes d'avis et…

— Non, je t'en donne ma parole, déclara-t-il solennellement.

Son beau visage était grave, ses yeux ardents. Il l'embrassa comme pour sceller cette promesse et son baiser affolant la laissa pantelante.

— Maintenant, je te le demande de nouveau, murmura-t-il contre sa bouche. Veux-tu m'épouser ?

Charlotte se raidit, résolue cette fois.

— Je t'ai dit non, répéta-t-elle, fière de sa fermeté. Pas encore.

— Combien de temps vais-je devoir attendre ?

— Je n'en sais rien.

— Pour l'amour du ciel, Charlotte, tu meurs d'envie de te marier et d'avoir des enfants. Tu n'es pas si jeune, et moi non plus !

Il était logique, reconnut-elle. Seulement, elle voulait obtenir son respect en même temps que son amour. Les hommes ne respectaient pas celles qui se rendaient trop facilement à leurs décisions, elle en savait quelque chose.

— Je ne veux pas être obligée d'accepter juste parce que je t'aime. Le mariage est une décision grave pour deux personnes qui ne se connaissent que depuis quelques jours. Repose-moi la question dans un mois.

— Un mois ! Mais je serai probablement à Los Angeles dans un mois.

Charlotte refusait de se laisser influencer.

— Tu pourras me poser la question à ton retour à Sydney. Mais surtout pas par mail, ni par téléphone. Tu me le diras en tête à tête. Prévois aussi une bague.

Pendant quelques instants, Daniel parut totalement exaspéré. Puis il se dérida et sourit.

— D'accord. J'attendrai, à condition que nous passions ensemble chaque minute qu'il me reste à séjourner en Australie.

— Je dois retourner travailler la semaine prochaine.

Il soupira.

— Alors, chaque minute de *cette* semaine. Plus toutes les nuits de la semaine suivante, concéda-t-il. Ça te convient ?

— Oui, je pense.

Elle ne s'était pas trompée. Tout ce qui l'intéressait c'était le sexe.

— Autre chose. A mon retour de Los Angeles, je pense que nous devrions essayer d'avoir un enfant.

— *Quoi ?* Tu veux que je sois déjà enceinte ?

— Le plus tôt sera le mieux. Ainsi, tu sauras que je suis sincère.

— Mais je ne peux pas avoir un enfant sans être mariée, protesta-t-elle. Mes parents auront une attaque !

— N'oublie pas qu'ils nous croient déjà mariés. Depuis hier.

— Nous ne le sommes pas vraiment.

— Ça, ils ne le savent pas. J'envisage que nous nous mariions en catimini dès que possible. J'espère que tu diras oui avant d'être enceinte, parce que j'aimerais l'idée que tu ne m'épouses pas seulement parce que je serai le père de ton enfant. Evidemment, ta famille a toujours dans l'idée que tu es Mme Cantrell. Ce que je ne supporte pas. Nous leur apprendrons donc la vérité. Ils t'aiment et ils semblent m'aimer aussi. Ils ne nous en voudront pas de ce subterfuge.

Charlotte ne put s'empêcher de rire. Oui, ses parents accepteraient la situation.

— Tu ne recules devant rien quand tu veux quelque chose, n'est-ce pas ?

— Non, je ne recule devant rien quand j'aime quelqu'un. Et je t'aime, Charlotte Gale.

Elle sentit son cœur s'emballer à cette déclaration. Mais elle n'était pas encore tout à fait convaincue.

— Qu'est-ce que tu aimes exactement en moi ?

— Que tu me poses une question pareille, répondit-il en la soulevant dans ses bras.

Charlotte essaya de garder la tête froide, tandis qu'il l'emportait à l'intérieur et la déposait sur le lit.

— Ce n'est pas une réponse, dit-elle, haletante.

— Rien de ce que je dirai aujourd'hui ne parviendra à te convaincre, ma chérie, déclara-t-il en la déshabillant. Je vais donc avoir recours à un autre moyen.

— Tu ne me feras pas changer d'avis en couchant avec moi, tu sais.

Il lui retourna un sourire si confiant qu'elle commença à douter d'elle-même.

— Sans doute que non, murmura-t-il comme ses lèvres butinaient déjà son corps tendu. Mais un homme peut essayer. Qu'en penses-tu ?

19.

— On vient d'annoncer mon avion, déclara Daniel.

— Oui, j'ai entendu, répondit Charlotte en luttant pour garder son calme.

Car le moment qu'elle avait tant redouté était arrivé.

Ces deux semaines avaient passé beaucoup trop vite. Le séjour à la Hunter Valley avait été merveilleux, comme une vraie lune de miel. Ils n'avaient quitté la chambre que pour prendre le petit déjeuner ou se rendre quelquefois à la piscine, et n'avaient visité les vignobles que le matin du départ.

Dix jours qu'ils étaient rentrés à Sydney, et la magie se prolongeait, bien qu'elle eût repris son travail. D'une certaine façon, le fait d'être séparée de Daniel dans la journée n'en rendait que plus belles leurs retrouvailles le soir. Il l'avait emmenée dîner chez sa sœur à deux reprises et ils étaient allés au cinéma avec Brad et Louise et dans une discothèque. Sinon, ils avaient consacré leurs soirées à faire l'amour et à bavarder sans fin. C'est ainsi que Daniel lui avait raconté sa vie.

Charlotte avait été stupéfaite d'apprendre qu'il était si riche, mais elle n'en était pas déçue. Comment l'aurait-elle été puisqu'il avait les moyens d'abandonner sa carrière aux Etats-Unis pour revenir vers elle ?

Elle se réjouissait de ce projet, mais maintenant que l'heure de la séparation avait sonné, elle n'éprouvait plus que du désarroi, mêlé à une indicible panique. *Et s'il ne revenait pas ?*

— Je ne suis pas obligé de monter dans cet avion, Charlotte, déclara-t-il en fouillant son regard. Juste un mot de toi et j'annule mon départ.

La jeune femme déglutit avec peine. Comme il serait facile de lui répondre : « Oui, annule-le. Reste avec moi. » Pourtant, il fallait bien qu'il rentre aux Etats-Unis un jour ou l'autre, se raisonna-t-elle. Autant que ce fût aujourd'hui. Il avait déjà retardé son vol jusqu'à ce dimanche pour qu'elle n'eût pas à prendre un jour de congé. Un autre report ne ferait que rendre son départ plus difficile.

Elle était cependant soulagée que Louise et Brad aient pu l'accompagner. Sans eux, elle se serait effondrée et aurait sans doute supplié Daniel de rester. Cependant, Louise ne semblait toujours pas convaincue qu'il fût digne de confiance. Brad était le seul à approuver totalement leur fulgurante idylle. Avec la sœur de Daniel.

— Tu ne vas pas pleurer, n'est-ce pas ? demanda Daniel en serrant sa main dans la sienne.

— Non, ça ira, répondit-elle d'une voix étouffée. Promets-moi seulement de m'appeler dès ton arrivée. Peu importe l'heure qu'il sera ici.

Il promit.

— Je ne crois pas que Charlotte devrait rester pour voir l'avion décoller, dit-il à Louise et à Brad. Mieux vaut que vous l'emmeniez maintenant.

— Tu ne veux même pas m'embrasser pour me dire au revoir ? demanda Charlotte d'une voix plaintive.

— Je préfère de loin les baisers que l'on donne en arrivant, répondit-il. Donc, pas de baiser d'adieu entre nous. Juste : « A bientôt. » Brad ?

D'un signe de tête, il lui désigna la sortie.

— D'accord, mon vieux. Par ici, Charlotte. On y va, commanda Brad.

Elle lança un regard anxieux en direction de son amie, mais, loin de compatir, Louise lui prit seulement le bras. Brad se plaça de l'autre côté pour l'imiter. Charlotte jeta un dernier regard désespéré par-dessus son épaule et aperçut Daniel qui se dirigeait vers la porte d'embarquement. Puis elle le perdit de vue dans le flot des voyageurs.

Il était parti !

Elle n'eut pas plus tôt fait quelques pas que l'émotion la saisit et brusquement elle éclata en sanglots. Oh ! Daniel... Elle aurait voulu s'écrouler là et pleurer toutes les larmes de son corps.

— Je me doutais que ça arriverait, murmura Louise en dirigeant son amie vers une rangée de sièges.

Charlotte s'effondra sur l'un d'eux et se cacha le visage dans ses mains.

— Allons, ma puce, la consola Louise en lui tapotant le dos. Ça ira mieux dès qu'il aura appelé. Il n'est pas parti pour de bon. Je suis sûre qu'il t'aime. Je ne suis qu'une vieille rosse cynique de t'avoir dit le contraire.

— Non, la rosse cynique de l'histoire, c'est moi ! s'écria Charlotte en relevant son visage mouillé de larmes. Il m'a dit qu'il m'aimait, il m'a demandé de l'épouser. Et tout ce que j'ai trouvé à répondre c'est : « Non, pas encore ! » Oh ! Louise, il me manque tellement déjà que je donnerais n'importe quoi pour revenir en arrière et lui dire de rester. Mon Dieu ! Qu'est-ce que j'ai fait ?

Ses larmes redoublèrent et, de nouveau, elle enfouit son visage dans ses mains. De sorte qu'elle ne vit pas Daniel s'avancer lentement vers elle.

Louise l'aperçut et ouvrit la bouche de saisissement. Un doigt sur les lèvres, celui-ci l'enjoignit au silence. Louise jeta un coup d'œil interloqué à Brad. Il souriait. Alors, doucement, elle se leva pour laisser sa place à Daniel. Il s'y installa et glissa un bras autour des épaules tremblantes de Charlotte.

— Tu m'as promis de ne pas pleurer, murmura-t-il.

Charlotte se redressa brusquement et écarquilla les yeux sous l'effet conjugué du choc et de la joie.

— *Daniel !* s'écria-t-elle. Tu es revenu.

Il sourit.

— Par le vol le plus court de toute l'histoire de l'aviation ! Je n'ai même pas eu le temps d'atteindre mon siège.

D'une main, il essuya les larmes sur les joues de la jeune femme.

— Je ne supportais pas l'idée de te quitter, mon amour.

— Oh, Daniel !

— Lorsque je partirai — et il le faudra bien un jour ou l'autre — laisseras-tu ton travail pour m'accompagner ?

— Oui, sur-le-champ.

— Et si je te demande maintenant d'être ma femme, que dis-tu ?

Le cœur débordant de joie, Charlotte sourit à travers ses larmes.

— Tu as vraiment besoin de me poser une telle question ?

— Oui, Charlotte.

De sa poche, Daniel sortit un écrin qu'il ouvrit.

— Je veux que tu aies cette bague à ton doigt avant que tu ne changes d'avis.

Elle retint son souffle en fixant un magnifique diamant.

— Je l'ai achetée pendant que tu travaillais, ajouta-t-il. J'espère qu'il te plaît.

— Je l'adore ! Mais Daniel,... Je veux que nous prévenions mes parents le plus vite possible.

— Nous irons ensemble leur expliquer la situation. Je suis sûr qu'ils comprendront. Tout ce qu'ils désirent, c'est que leur fille chérie soit heureuse. Et tu l'es, n'est-ce pas ?

149

Charlotte le regarda, les yeux remplis d'amour.

Avec un sourire empreint d'émotion, Daniel glissa la bague à son annulaire. La taille de l'anneau était parfaite. Parfait comme leur couple et comme l'avenir qui s'annonçait. Il laissa échapper un soupir heureux.

— Et maintenant, si je te donnais ce baiser de bienvenue ?

collection *Azur*

Ne manquez pas, dès le 1er mai

UN SCANDALEUX MARCHÉ, *Jacqueline Baird* • N°2679

A la mort de ses parents, Penny apprend que Solo Maffeiano, un homme d'affaires cynique et sans scrupules, comme elle l'a appris à ses dépens quatre ans plus tôt, est désormais devenu le propriétaire du domaine familial, Haversham Park, et qu'elle ne pourra y rester que si elle accepte de l'épouser…

LE SECRET D'UNE NUIT, *Lindsay Armstrong* • N°2680

En apprenant que l'homme avec lequel elle a passé cinq jours idylliques est un ennemi de son père, Maggie comprend qu'elle doit fuir celui qu'elle aime déjà follement, et qui a voulu se servir d'elle en la séduisant. Pire, elle va aussi devoir lui cacher qu'elle attend un enfant de lui…

DE DANGEREUSES RETROUVAILLES, *Jane Porter* • N°2681

Très malade, Payton sait qu'elle ne pourra s'occuper de ses adorables jumelles pendant les mois à venir, et qu'elle va devoir les confier à son ex-mari, qui vit à Milan. Mais alors qu'elle se sent particulièrement vulnérable, Payton redoute de ne pouvoir dissimuler ses sentiments à celui qu'elle aime toujours, et qui doit bientôt se remarier…

LE FIANCÉ INTERDIT, *Jessica Steele* • N°2682

Par peur de ressembler à sa mère, qui collectionne les aventures, Erin refuse de penser aux hommes. Jusqu'à sa rencontre avec Joshua Salsbury, son nouveau et séduisant patron, qui ne semble pas insensible à ses charmes. Mais comment réagira-t-il en apprenant que la mère d'Erin n'est autre que la femme qui a rejeté son père, brisant le cœur de celui-ci ?

Et les 4 autres titres…

PASSION À MADRID, *Fiona Hood-Stewart* • N°2683

L'homme dont elle était enceinte allait se marier dans quelques semaines ! A son arrivée à Madrid, Georgiana était loin d'imaginer un scénario aussi catastrophique. Pourtant, sans qu'elle puisse rien y faire, elle était tombée amoureuse du duc Juan Felipe. A présent, comment allait-elle pouvoir lui avouer la vérité ?

LE PRINCE DE SES NUITS, *Miranda Lee* • N°2684

Passionnée de chevaux depuis toujours, Samantha voit son rêve se réaliser le jour où elle est engagée comme vétérinaire aux écuries royales de Dunbar. Mais ce rêve pourrait bien se briser lorsque le cheikh Rachid bin Said al Serkel décide de venir diriger les écuries pendant quelques semaines. Car dès qu'elle le voit, Samantha n'a plus qu'une envie : se soumettre au désir de cet homme terriblement séduisant et mystérieux...

LE VENIN DU DOUTE, *Lucy Monroe* • N°2685

Pour Rachel, la vie a pris les teintes sinistres d'un cauchemar... Par inconscience et par égoïsme, sa mère a provoqué la mort de son dernier époux en date, le riche et puissant Matthias Demakis. A présent, comment pourra-t-elle affronter Sebastian, le neveu de Matthias, et supporter ses reproches et sa colère, alors qu'elle l'aime depuis toujours ?

UN PATRON À AIMER, *Ally Blake* • N°2686

Irrésistibles patrons Emma va bientôt revoir Harry Buchanan, le richissime patron de Harold's House. Et une fois de plus, elle va prier pour qu'il l'embrasse enfin... Mais Emma sait qu'une telle chose n'est pas prête d'arriver. Pas avant que Harry ait enfin réglé ses comptes avec son passé...

Collection Azur
8 titres le 1er de chaque mois

Attention, numérotation des livres pour le Canada différente : numéros 1327 à 1334

69 L'ASTROLOGIE EN DIRECT
TOUT AU LONG
DE L'ANNÉE.

(France métropolitaine uniquement)
Par téléphone 08.92.68.41.01
0,34 € la minute (Serveur JET MULTIMÉDIA).

Composé et édité par les
éditions Harlequin
Achevé d'imprimer en mars 2007

BUSSIÈRE
GROUPE CPI

à Saint-Amand-Montrond (Cher)
Dépôt légal : avril 2007
N° d'imprimeur : 70178 — N° d'éditeur : 12715

Imprimé en France